dear+ novel
long engage・・・・・・・・・・・・・・・・・・・・・・

ロング・エンゲージ

安西リカ

新書館ディアプラス文庫

ロング・エンゲージ

contents

illustration : 緒花

ロング・エンゲージ

long engage

1

こんな感じでいかがですかー？　と決まり文句で折り畳《たた》みのミラーを大きく広げると、正面の鏡の中で客の女性がわぁ、と大げさに目を見開いた。

「きれいなグラデーション！　さっすが久瀬《くぜ》君」

「いいでしょ？　歩くと毛先が光ってめちゃ可愛いよ」

久瀬は鏡の中で視線を合わせてにっこりした。

お疲れさまでした、とスタイリングチェアを回すと、彼女は立ち上がりながらもう一度嬉しそうに鏡でバックスタイルをチェックした。顔周りにレイヤーを入れ、流行のくびれロングに仕上げているが、正直、久瀬のカット技術はそこそこだ。得意なのは昔からカラーで、今回もオーダー通りのグラデーションカラーはいい具合にはまった。

「ハイトーン入れると気分あがるのよね〜」

「今日デートでしょ。楽しんできてね」

彼女はサロン勤務時代からのリピーター客なので、もう六年以上の付き合いになる。髪質やスタイルの好みはもちろん、ちょっとしたプライベートまで把握していた。

「一回でいいから、久瀬君ともデートしてみたいなー」

「またそんなこと言って、彼氏に怒られるよ?」

馴染みの気安さでいつもの会話をしながら、久瀬は「お客さんじゃなかったら俺だって一回くらい遊びたかったよ」とこれまたいつもの本音を心の中だけで呟いた。

隣のブースでは女性美容師が韓国ドラマのおしゃべりをしながら施術《せじゅつ》中で、そのさらに隣はヘッドスパの真っ最中だった。どちらの女子とも普段から仲良くしているので、久瀬が客を誘導して通路を通ると、軽くお疲れのアイサインをよこした。

このシェアサロンは各ブースに洗髪台《せんぱつだい》まで完備していて、共同施設はパウダールームとスタッフの休憩所兼給湯室《きゅうとう》、そしてPOSレジだけだった。

「では、お会計させていただきますねー」

自分のIDを打ち込んで、手早く決済をする。

フリーランスのいいところは客単価を自分の裁量《さいりょう》で決められることだ。久瀬はかなり強気な料金設定をしているが、今のところ集客にはまったく困っていなかった。洗髪から薬剤の調合まで全部自分でやっているので、無駄な人件費もかからない。一人一人のお客さまにきめ細やかなサービスを提供するため、というのもあるにはあるが、要するに経済的合理性だ。

「来月の予定、早めにアップしてね。久瀬君のブース、すぐ満席になっちゃうから」

「了解でーす」

近くのブースで暇そうにスマホをいじっていた美容師がいまいましそうに背を向けるのが目

に入った。同業女子とは仲良くしているが、残念ながら久瀬は男にはいまひとつ受けが悪い。久瀬のストロークカット、あれなんなん？　と技術にケチをつけられているのは知っているが、久瀬はまったく気にしていなかった。客が久瀬に求めるものは技術ではないからだ。

「じゃあまたねー、久瀬君」

お気に入りのイケメン美容師を数時間独り占めにしておしゃべりを楽しみ、そこそこ綺麗にしてもらって気分よくデートにでかける。その価値に安くはない金を払うのだ。技術に自信のある男性美容師ほど久瀬を目の敵《かたき》にしてくるが、久瀬に言わせれば目指すところの違いでしょ、というだけの話だった。

「本日はありがとうございました。次のご予約お待ちしております」

施術中はほぼタメ口トークだが、最初と最後の挨拶《あいさつ》だけはきちんとすることに決めている。久瀬は店外まで出て見送りをした。

サロンは駅前通りに面している。並びはインポートブティックやブックカフェで、通りかかる人もさりげなくお洒落《しゃれ》だ。側溝《そっこう》に桜の花びらが溜まっていて、街路樹にはちらほら新芽《しんめ》がつき始めていた。

今年も花見行きそびれたなあ、と思いながら腕時計で時間を確かめる。まだ五時を少し過ぎたところだが、今日はこれで上がりだ。久瀬はうん、とひとつ伸びをした。

週に四日、一日三人限定。

「久瀬君のブースがすぐに満席になっちゃう」理由は、久瀬の勤労意欲の低さにもある。

美容師仲間にはやっかみ半分で「なめてんのか?」と揶揄《やゆ》されるが、あくせく働くのは性《しょう》に合わない。専門学校を出てすぐ入った大手サロンはあまりの激務にひと月で辞め、そのあとも時代錯誤《さくご》な美容業界の慣例に辟易《へきえき》しながらいろいろな店を転々とした。

舞台の裏方やモデル事務所のスタッフなども経験して、久瀬は華もあるし表に出てみたら?などと言われてその気になったこともあるが、すぐ自分には向いていないと悟《さと》った。表に出る人間にはそれなりの覚悟と根性がいる。久瀬はちやほやされたいだけで、「素晴らしい作品に参加させていただく」ことにはさほど興味がなかった。そもそも努力という言葉が昔から大嫌いだ。

そこそこうまくやれることを、そこそこの頑張りでやっていきたい。

幸い久瀬は、顔とセンスとノリだけは抜群によかった。二十八年それだけで世渡りしてきたといっても過言《かごん》ではない。さらに数年前から美容業界でもフリーランスが増えて、久瀬にとっては追い風が吹いていた。SNSや動画配信で集客するのに、甘い王子顔と軽快なおしゃべりは絶大な武器になった。

「そうだ、たまにはあいつに酒でも奢《おご》ってやるかね?」

今日もまあまあ稼《かせ》いだな、という充実感に、久瀬はふと思いついてスマホを出した。

鳴町了《なりまちりょう》は高校時代からの「友人」だ。

〈今日はもう上がりなんだけど、そっちどう？　時間合うなら酒奢るけど〉

商社勤務の鳴町は、久瀬と違って猛烈に忙しく働いている。なにをしているのかは興味がないのであまりよく知らないが、とにかくいつも会議資料を作っていて、四六時中出張に出ている。が、この前会ったときにはプロジェクトがひと段落したとほっとしていて、しばらくは定時退勤だと話していた。

〈大丈夫だ。会いたい〉

仕事の都合さえつけば、鳴町が久瀬の誘いを断ることなどまずありえない。

思った通り、自分のブースに戻って後片付けをしているとさっそくスマホに返事がきた。

〈じゃあ直接店で〉

数回やりとりして、久瀬の最近の気に入りの店をマップつきで指定した。

2

天井まである棚に並んだきらきらのボトル、クロスで丁寧に磨《みが》かれたロンググラス、今日はインディアナイトと銘打《めいう》たれて、耳に馴染みのないエキゾチックなポップスが大音量で流れている。

「あれ、サムじゃん」

鳴町《なりまち》を待ちながらスタンドテーブルでカクテルを飲んでいると、通りかかった顔見知りに声をかけられた。以前ヘアメイクを手伝っていた小劇団にいた女性団員だ。

「あっ、あーちゃんだ。久しぶり」

「元気にしてんのぉ？」

笑顔を浮かべて近寄ってくる彼女は、ボリューム満点の身体つきをしていて、顔も可愛い。さらに久瀬《くぜ》の女好きを上回る性豪《せいごう》だった。打ち上げのあと誘われてホテルに行ったことがあるが、へとへとになるまで絞《しぼ》られて、もはやこれはセックスというより耐久レースなのでは、と疲労困憊《こんぱい》で逃げ出した。もうちょっと彼女の性欲が抑《おさ》え気味だったら楽しいセフレ関係が築けたのに、と残念だった。

「サム、ひとり？」

「あとでツレが来るけど。っていうか、サムはやめてよ、恥ずかしい」

「なんでよぉ」

久瀬の下の名前は「了《おさむ》」で、あまり気に入ってないんだよね、となにげなく話したら「じゃあサムは？」とさらに恥ずかしい愛称をつけられた。

ひとしきりどうでもいい話をして、「そんじゃ、まったねー」と彼女が去って行った。揺れるヒップに記憶の中の性豪との一夜を思い出していると、「久瀬」とぬっと長身の影が目の前に現れた。

「おわ、びっくりした」

　鳴町だ。

「なんで驚くんだ。わかりにくい店だな」

　スタンドテーブルの前に立ち、鳴町はスーツのポケットにスマホを突っ込んだ。

　一切遊びの要素のないシングルスーツにビジネスバッグを提《さ》げていて、絵に描いたような仕事帰りの会社員だ。この店では異質な格好だが、長身で肩幅があり、かつ男らしく整った容貌《ようぼう》をしているので、あいついいじゃん、という視線を向けてくる女子もいる。

　ただし鳴町は女には一切興味がない。むしろ嫌っている。

「迷っちゃった？　でも早かったじゃん」

「誰だ、あの女」

　思ったとおり、鳴町は舌打ちしそうな顔で去っていく性豪女子の後ろ姿を見やった。

「知り合い」

「知り合い？」

　いい加減慣れたらいいのに、と思うが、鳴町はいちいち久瀬に近寄る女を敵視する。

「まあまあ、お疲れ」

　飲んでいたカクテルを鳴町の前に滑らせると、まるで水のようにがぶりと飲んだ。鳴町は文字通りのザルで、恐ろしく酒に強く、かつ味にはさして興味がない。

「ちょっと、もったいない飲み方すんのやめてくれる？」

久瀬はあわててロンググラスを取り返した。

「それにしても、なんなんだこの店」

鳴町が嫌そうに周囲を見渡した。仕事帰りのスーツ姿は鳴町以外にもちらほらいるが、彼らのような「仕事のあとの酒を楽しみに来た」といううきうきした雰囲気は鳴町にはみじんもない。場違いなところに呼び出された、という不満が丸わかりで、久瀬は苦笑した。

「たまにはいーじゃん。今日はインディアナァ～イト！　なんだって。なに飲む？　ビール？」

「なんでもいいけど、俺は腹が減った」

「じゃあ向こう行こ」

店の半分がダンス&ミュージック、半分がフード&ドリンクのフロアになっていて、深夜になるにつれて店全体が音楽で盛り上がる。煙草の煙に甘ったるい別の煙がまざり合って、奥のボックスシートでは怪しげな行為が始まるが、鳴町がそんな雰囲気を喜ぶわけがないので、浅めの時間にちょっと飲み食いを楽しもうと考えていた。

「よー久瀬」

「こっち来いよ」

スタンドテーブルからカウンターのほうに移動しようとして、通りすがりの知り合いに声をかけられた。

「一緒に飲まねえ？」

「ごめん、今日は連れいるから、またね」

「おっ、久瀬じゃん？」

数人たむろしている中に、ひときわ目立つ金髪の男がいた。手を振って呼ばれ、久瀬は足を止めた。

「疋嶋《ひきしま》さん」

「久しぶりじゃねえか。元気そうだな」

疋嶋は久瀬の専門学校時代の先輩だ。バイセクシャルの遊び人という共通項で仲良くなり、久瀬より一足先にフリーになったこともあって、なにかと有益《ゆうえき》なアドバイスをくれる。

「ほんと、お久しぶりです。こっち、前に話したことある鳴町です」

なにげなく紹介すると、鳴町が「前に話したことある」に反応した。

「彼氏がいるって話したことあるんだよ」

「え」

耳打ちすると、鳴町はわかりやすく口元をほころばせた。彼氏と言われたのが嬉しいらしい。

「久瀬、そのうちまた一緒に仕事しようぜ」

「はい、ぜひ声かけてください」

それじゃ、と疋嶋と別れて歩き出すと、鳴町は「いい人そうだな」とすっかり機嫌を直していた。

「何食う？　ここ、けっこうフード充実してて美味《おい》しいよ」

「こじゃれたメニューばっかだな」

カウンターに並んで座り、鳴町は奥にかかげられた黒板メニューを眺めてまた文句を言った。

「ふーん、なるほど今日はエスニック推しなんだ」

定番メニューの横にチキンティッカとかサグパニールとか見慣れない文字が並んでいて、久瀬は未知の食べ物にわくわくするほうだが、鳴町は馴染みのないものにはまず手を出さない。

「確かに、思ったより旨《うま》いな」

おのおの適当にオーダーして、最初に出てきたパスタを一口食べ、鳴町が感心したように呟いた。

「だろ？」

シンプルなパスタ料理は間違いがない。

「チーズが濃い」

「このカレーもそんな辛《から》くないけど旨いよ」

「確かにな」

エキゾチックなダンスミュージックに勝手に身体が揺れる久瀬に対して、鳴町はまるで定食でも食べているようにチーズパスタをすすっている。

「けどやっぱり焼き鳥と冷ややっこが食いたい」

「おっさんかよ」

「おっさんで悪いか」

「なあ、俺ちょっと踊ってきていい？」

「だめだ」

フロアのほうで歓声があがり、常連女子がトップレスで踊りだしたのが見える。楽しそう！ 混ざりたい！ と腰を浮かせたら足を蹴《け》られた。

「いてーよ」

「今は俺とデートしてんだろ」

怒ったように言われて、デートかどうかはともかく、確かに誘ったのは俺だしな、と仕方なく座り直した。

「それにしても久瀬、本当に仕事順調なんだな」

鳴町が久瀬をつくづく眺めた。奢るよ、などという言葉が久瀬から出たことに驚いているのだろう。最近でこそ集客《しゅうきゃく》に困らず順調に稼《かせ》げているが、少し前まで久瀬は年中ぴーぴーしていて、しょっちゅう鳴町に泣きついていた。

「ふっふー。やっと時代が俺に追いついたって感じ？」

「けどフリーランスってのは保障がないんだろ？ 稼げるときにしっかり貯めとかないとい

ざってときに困るぞ。ちゃんと今から積み立て投信《とうしん》とかして」

「もー、ほんっと鳴町ってつまんねえな！」

くそ真面目なスーツ姿で説教されて、久瀬は遮《さえぎ》るように言い返した。

「つまんなくて悪かったな」

鳴町がむっとする。

「昔っからだから、もう鳴町がつまんないのには慣れました」

「俺は久瀬のいい加減さにまったく慣れない」

「慣れないのは俺の魅力にだろー？」

軽く混ぜ返すと、鳴町がむ、と口をつぐんだ。

鳴町のこういうところは、本当に悪くない。

久瀬はふふんと笑ってカウンターに肘《ひじ》をつき、鳴町のほうを流し目で見た。わざとらしい優越の態度に、鳴町は反論もせずにまたパスタを食べだした。

鳴町は、素材は悪くない。

ジントニックをすすりながら、久瀬は長年の友を改めて眺めた。

長身でスタイルがよく、顔もそこそこ整っている。俺がちょっと手を加えてやったらかなりのものになるだろうな、といつも思っている。が、何度申し出ても鳴町は拒絶する。

「鳴町、一回俺のサロン来ない？」

「行かねえよ」

いつもの誘いを、いつもの反応で拒絶された。

「ちょっと眉整えて、髪セットするだけじゃん。逆になんでそんな嫌がるんだよ」

「俺は見かけをちゃらちゃら飾りたくない」

よく美容師に向かってそれ言うな？　と呆れるが、鳴町らしい言い草ではある。

「第一、俺は久瀬みたいにカッコつけたって似合わないだろ」

つまらなさそうに言ってから、鳴町は「おまえはすごく似合うけど」と急に恥ずかしそうに付け加えた。

鳴町は、自分が久瀬に惚《ほ》れていることを隠さない。

天井から降ってくる白っぽい照明の中で、鳴町がまた食べ始めた。

「あんまり見るな。食いづらいだろ」

本当に、鳴町は悪くない。

「なあ、鳴町」

「うん？」

「それ食ったらホテル行こ」

鳴町の男らしい喉仏《のどぼとけ》が動くのを見ていると、むらむらしてきた。鳴町は横目で久瀬を見て、わかりやすく食べる速度を上げた。

地下の店を出て階段を上がると、思いがけず夜風が暖かかった。繁華街のネオンに星もかすんでいる。タトゥやピアスの群れから脱出できて、鳴町はほっとしている様子だ。

「今日は俺が奢るって言ったのに、ごめんな」

店を出る直前にまた知り合いにつかまり、しゃべっている間に鳴町が精算してしまっていた。

「俺に奢るより、久瀬はちゃんと貯金しろよ。キャッシング枠《わく》は貯金じゃないぞ」

「はーい」

いつものお説教には適当に返事をして、ほんじゃホテルは俺の奢りね、と目についたご休憩のネオン看板に誘導されて中に入った。

「お、けっこう新しいんだな」

部屋に入ってみると、思ったよりシックな内装だった。グレーのストライプ柄のクロスに淡い明かりが上品だ。が、備え付けの自販機にはしっかりアダルトグッズが並んでいる。

「鳴町、鳴町、これ見ろよ」

お馴染みのディルドがサイズ違いで小窓におさまっていて、さらに「刺激を求める恋人たちへ…」と妙に古めかしいロゴの貼られた小窓が目にとまった。

「拘束《こうそく》セットだって。えっちだな!」

黒い革の拘束具や目隠し、ギャグまで揃っている。

「なんだここ、ＳＭプレイ推奨《すいしょう》？」

へー、と自販機をしげしげ眺めていて、その隣にフリーで使える鞭《むち》と手枷《てかせ》や足枷、それらをつなぐ金具が用意されているのが目に入った。見ると天井には吊り下げ金具まで装備されている。

「あっ、もしやこれ、檻《おり》の意味もあんのか？」

シックなストライプ、と思っていたが、檻のイメージも含んでいたらしい。

「この部屋のデザインしたやつ、めっちゃ頭いいな！　せっかくだからやってみる？」

「はあ？」

テンションを上げると、スーツの上着を几帳面《きちょうめん》にハンガーにかけていた鳴町が呆れた顔になった。

「さっきから、なに言ってんだ？」

「痛いのはやだけど、拘束は興奮しそう。貞操帯《ていそうたい》、えっちじゃん？　お、この下着はどうなってんだ？」

久瀬はわくわくしながら自販機に紙幣《しへい》を入れた。ぱっと点灯した小窓のうち、一番端の黒の下着をお試しで買ってみる。

「どれどれ」

滅菌《めっきん》パックの包装をやぶって小さな黒の生地を取りだすと、思ったより伸縮性《しんしゅくせい》があって、そしてもしかしてと思った通りのクロッチオープンタイプだった。

「ひゃーこれエッロいんだよなあ」

「使ったことあんのか」

鳴町が声を尖《とが》らせる。

「まあまあ、それはいいじゃん」

軽くいなして、久瀬はクロッチ部分を指ではじいた。

女の子とのアレコレと鳴町とのアレコレはまったくの別腹で、両刀《バイセクシャル》の特権は二通りの興奮を味わえることに尽きる。

「うはー、見て見て、鳴町」

「ばか」

「って見てるじゃん」

クロッチの穴から指を出して卑猥《ひわい》に動かして見せると、鳴町が赤くなった。久瀬は調子に乗ってぱっぱと服を脱ぎ、エロ下着に足を入れた。

「どう？」

「どう？　っておまえ…」

エロは滑稽《こっけい》さも含んでいる。全裸で女性用のクロッチオープンを無理やり穿《は》くと、久瀬はげらげら笑いながらベッドに飛び乗った。

「やめろってば」

「えっ、なに、マジで興奮してんの？」

ぴちぴちの黒い生地がペニスをくっきり浮き上がらせていて、本来大事なところを保護する部分がぱっくり空いている。馬鹿馬鹿しいと笑っていたが、長年のセフレが真っ赤な顔をしているのを見ると、久瀬も俄然《がぜん》そんな気分になった。

「エロい？」

「エロいに決まってんだろ」

「ふーん」

「ばっ、馬鹿見せんなって、そんなとこ」

ぐん、といきなり勃起した股間《こかん》を見せつけるように足を広げると、鳴町が焦って目を逸《そ》らした。

「えっちなことしに来てんだから、エロいのはいいことじゃんか。ほらほら鳴町、早くこっち来いよ」

ベッドの横の壁には巨大な鏡が設置してある。ペニスが持ちあがるぶん布地の位置がずれて、えっちな部分が丸見えになっている。やばい、我ながらこれはエロい、と思うとさらにペニスが上を向いた。

全裸よりこんな小さな布地があるほうが卑猥に見えるというのは、人間の脳というのは実に不可思議だ。

「あー、やば」

鏡で見た自分の格好に、さすがに恥ずかしくなったが、恥ずかしいと興奮するのもまた不思議だ。

「あ、ちょ、まって」

鏡に気を取られていたら、服を脱ぎ捨てた鳴町がいきなりのしかかってきた。

「久瀬が早く来いっていったんだろ」

声が興奮しきっていて、久瀬もつられた。

「そうだけど、あ、——ん、……っ」

頬をつかまれ、反射的に開いた口に舌が入ってくる。

鳴町はキスが好きで、いつも長々と舌を弄《もてあそ》ばれる。唾液《だえき》が唇を濡らし、それを舐《な》めとられ、首筋にねっとり舌が這《は》い下りる。興奮していて、久瀬は鳴町の腰に足を絡《から》ませて腰を揺すった。

えっち下着の効果で、いつもより火がつくのが早い。小さな布地が張りつめていて、痛いのにそれがまたよかった。

「久瀬、めちゃくちゃ濡れてんぞ」

鳴町はいつでも余裕なくがっついてくる。今もすっかり興奮していて、だからこれは別に言葉責めをしてるわけではない。わけではないが、なんだか急にかっと耳が熱くなった。

「鳴町だっ…て、同じじゃんか」

指で勃起をつかんでしごくと、先走りでぐっしょり濡れていて、鳴町がうっと息を呑《の》んだ。

「いきなり、そういうことすんな…っ」

「いいじゃん」

鳴町の回復力はよく知っている。久瀬は指の腹で敏感な裏を撫でた。

「う」

びくんと跳ねて、出るかと思ったが、鳴町はなんとかこらえた。

「それにしても、やばいな、それ」

鳴町が久瀬から身体を引いた。おそるおそる、といった様子で久瀬の下着に目をやる。

「穴空いてるだけなのにな」

久瀬が足を開いて見せつけるようにすると、鳴町が慌てて目を逸らした。

おそらくこれは、女子が穿くより男のほうがよりエロい。

「ほら」

久瀬が開いたクロッチを指で広げると、鳴町がまた吸い寄せられるように見入った。布は完全に濡れて押し上げられ、開いた部分から卑猥なところが露出している。

「あっ……」

鳴町が指の腹で濡れた布地を撫でると、粘液《ねんえき》が糸を引いた。思わず声を洩《も》らして、それにそそのかされたように鳴町が指を入れてきた。久瀬は後ろに手をついて、両足を開いた。

「久瀬…」

興奮した鳴町がキスしながら中を探ってくる。布地がさらに引っ張られて、肌に食い込んだ。ちょっと痛くて、痛いのが気持ちいい。

「あー…ん、…っ」

久瀬はぐちゃぐちゃのキスをしながら鳴町に手を伸ばして握った。じっとりと熱い。

「――っ、は、……っはあ……っ」

腹につくんじゃないかというほど反《そ》りかえっている鳴町をしごくと、早くこれを入れてほしいという欲求がつきあげてきた。鳴町の指が気持ちよくて、でも物足りない。

「鳴町」

舌をこねまわしている鳴町から顔を離して、目で訴えた。

「ローション、普通のしかない？」

当然鳴町も早くつっこみたい、と顔に書いてあって、久瀬は先を促《うなが》した。

「二種類ある。あ、温感《おんかん》こっちか」

鳴町が慌ただしくベッドヘッドの籠《かご》を探った。

「ん、これって拘束用のベルト？」

鳴町が籠からローションの個包装を取りだして手にまぶしているので、久瀬もコンドームを取ろうとして、ベッドヘッドに合皮《ごうひ》の手錠《てじょう》がセットされているのに気が付いた。

「やたら拘束推《お》しだな、この部屋」

久瀬は息を乱しながら手錠を引っ張った。一応鎖《くさり》がついているが、それもプラスチックらしく軽かった。皮の部分が摩耗《まもう》していて、なかなか使い込まれている。

「マジックテープで止めるんだ」

本格的なものではないので、ちょっと試してみるつもりで左手首に黒い枷を巻いた。

「大丈夫か?」

「柔らかいし、痛くない」

やってみようよ、と久瀬はわくわくしながら仰向《あおむ》けになり、右手を頭上に上げた。たぶんベッドの足のほうにも二つ同じものがあるはずだが、足は固定してしまうとやりづらい。

鳴町はあまり気乗りしない様子だったが、久瀬の要望なら、と仕方なさそうに右手首に手枷を嵌《は》めた。おもちゃのようなものだが、両手を固定されるだけでもドキドキしてくるのが不思議だ。

「なんか、変な扉開いちゃいそう…」

固定されると、一方的に好きなことをされてしまう、という感覚になって、それが奇妙な高揚を生んだ。

自分に惚れ切っている鳴町がひどいことをするわけがない、という確かな信頼があってのことだが、鳴町のほうも両手を頭上に固定された久瀬を見下ろして、急にごくっと唾《つば》を飲み込んだ。

卑猥な下着をつけて、両手を固定されている。鏡に映る自分の格好にさらに興奮が募《つの》った。

「おまえの好きなこと、なんでもしていいよ…？」

「なんでも、ったって…」

わざと甘い声でそそのかすように言うと、鳴町がわかりやすく喉《のど》を鳴らした。

「あっ、——ん…」

鳴町がかがみこんできた、と思ったら顔中にキスをされた。

「久瀬、——好きだ」

訴えるような声がして、唇に熱いものが吸いついた。

とろとろに仕上がった身体を拘束しといて、もっと他にすることあるんじゃないか、と思いかけたが、情熱的なキスに、こいつは本当に俺のこと好きなんだなあ、と今さらな感慨《かんがい》に打たれた。

「久瀬…」

「ん、ぅ……」

とはいえ、もちろんすることはする。

鳴町が顔を下げて久瀬の乳首を唇ではさんだ。

「ふぁ、あ……っ」

不意打ちの快感に、変な声が洩れる。

「んー…っ、あっ、あっ、あ……」

さすがに久瀬の好きなことをよく知っている。強弱をつけて吸われ、舐められて久瀬は息も絶え絶えになった。でも拘束されていて逃げられない。久瀬が身をよじっても楽々と組み伏せて、さらに愛撫が執拗《しつよう》になった。

「――っ、ああ…ん、う…」

気持ちよすぎて、どうにかなってしまいそうだ。

「もうだめ、むり」

お願い、と懇願《こんがん》してやっと鳴町が顔を上げた。

「――あッ、…っ、あ、あっ」

ほっとした瞬間、鳴町が敏感になっている乳首を指先で撫でた。それだけでまた背中が反り返る。

「鳴町…っ、あ、――ぅう……」

「久瀬、ほんと乳首好きだよな」

「うん、すき」

甘やかすような声にぞくぞくして、久瀬は見下ろしてくる男に媚《こ》びるようにうなずいた。

「鳴町だって、舐めるの好きだろ…？」

「久瀬が気持ちよさそうにしてるの見るのが好きなんだ。めちゃくちゃ興奮する」

いつの間にかエッチな穴あき下着は腿《もも》のところで丸まっていた。汗やそのほかでぐっしょり濡れたそれを鳴町が足で押し下げた。もうすっかり気分が盛り上がって、早く突っ込んでほしい、とそこがうずうずしている。

またひとしきり乳首を責められ、さんざん喘《あえ》がされて、ぐいっと足を左右にひらかされた。

「は、はあ……あ、あ…ん…」

やはり手を拘束されているだけで、相手の自由にされてる、という被虐的《ひぎゃくてき》な高揚がある。これは本当に癖になるかも…、と久瀬は快感で朦朧《もうろう》としながら危険を感じた。

「鳴町、…も、もう、して」

息をきらしながら懇願すると、鳴町が無言でコンドームをつけた。いつもはプレイの一環で自分がしてやるのでこれも新鮮だ。腰を突きだすようにして、隆々《りゅうりゅう》としたものに薄いゴムをかぶせていく。

今からこれでおまえを犯すからよく見てろよ——という感じで、ぞくぞくした。

「——ん、う……っ」

やはり鳴町もいつもより興奮している。

久瀬はぎゅっと拳《こぶし》を握った。手首に枷が食い込んで、その感覚にも昂《たかぶ》ってしまう。

「あ、あ――ん、……っ、な…鳴町……っ、あ、ぅあ……」

両腿《りょうもも》を押し上げるようにして、そのまま鳴町が入ってくる。

こんな大きかったっけ？　と驚くような重量感に、かっと頭の芯《しん》が熱くなった。

「久瀬」

「――う、……っ、は、あ……ぁあ、――いい、なに、これ…めちゃいい……っ」

中を抉《えぐ》られる快感に、勝手に声が出た。

「久瀬、…っ、久瀬……」

自由になる足で、しっかり鳴町の腰をホールドした。中のいいところを的確に突かれて、快感が駆け上がる。

「あ、――いいっ、いい、…めっちゃ、い…っ、もっと……」

手首でおもちゃの鎖ががちゃがちゃ音を立てている。鳴町に抱き着きたいのに、抱き着けない。もどかしさがさらに性感を煽《あお》った。

中が痙攣《けいれん》を始め、あ、と思ったらもう射精していた。中イキくる、とぎゅっと目をつぶる。

「ああ、――ん、う――ッ」

がくんと背中がのけぞった。気持ちいい。いく、いく、いく――連続で波がきて、頭の中で火花が散った。

鳴町が何か言っている。

久瀬は忘我《ぼうが》の境地に陥《おちい》って、ひたすら「気持ちいい、もっと」と繰り返した。


さんざん盛り上がったあと、荒い呼吸の中で賢者《けんじゃ》タイムが訪れる。

「は――……」

両手を固定されたまま、久瀬は自分に覆《おお》いかぶさってまだ肩で息をしている鳴町に「重い」と文句を言った。

「悪い」

鳴町が素直にごろんと隣に転がる。

「いや、しかし盛り上がったな…？」

「久瀬、手は大丈夫か？」

鳴町が思い出したように顔を上げた。

「うん。あ、外してくれる？」

汗でべたべたになった合皮の枷を外してもらうと、両手にしっかり痕《あと》が残っていた。

「平気か？」

鳴町が心配そうに手首をさすった。

「大丈夫」

本当は痺《しび》れていたが、たいしたことはない。それに、鳴町は久瀬がちょっとでも不調を口にすると大騒ぎして医者に見せろ、病院に行けと面倒なことを言い出す。

「風呂入るだろ？」

鳴町はかいがいしく久瀬の世話をやくと、全裸のままで浴室に向かった。肩幅があって足が長く、賢者タイムで見ても鳴町はなかなかいい身体をしている。

外見に一切気を使わない鳴町がせっせとジムで身体を鍛《きた》えているのは、ひとえに久瀬のためだ。

おまえいい身体してるよな――、と高校のころ久瀬がなにげなく言ったのを、たぶん未《いま》だに大事にしていて、忙しい中せっせとジムに通って体形をキープしている。

久瀬もある意味人気商売をしているのでそこそこ維持《いじ》するようにつとめてはいるが、鳴町ほど熱心にトレーニングしているわけではないので、不摂生《ふせっせい》が続くと途端に脇腹あたりが緩《ゆる》む。ちょっと気を付けないとヤバいよな、と久瀬は自分の脇腹をつまんだ。鳴町が自分のどこをそんなに気に入っているのか、昔から久瀬には謎だった。が、外見がかなりの割合を占めているであろうことは間違いない。

「久瀬、入浴剤いっぱいあるぞ。どれにする？」

すけすけの浴室の向こうで、鳴町が呼んでいる。

「なんでもいい」

早くさっぱりしよう、と久瀬も勢いをつけてベッドから下りた。

3

俺ってやっぱりバイセクシャルってやつなんだろうな、と久瀬《くぜ》が初めて認識したのは、高校二年の夏だった。

小学生のころから「久瀬君ってかっこいいよね」と上級生女子にちやほやされて順調に女好きに仕上がっていたが、その一方でいつのころからか、「俺ってもしかして、男にも興味あるのかも」という疑惑を抱いていた。

テレビのかっこいい男性タレントに目がいくのは戦隊ヒーローに憧《あこが》れるのと同じ感覚だとも言えるが、肉体労働に励《はげ》む道路工事の兄ちゃんの筋肉や、体育の先生の逞《たくま》しい肉体にむらっとするのは明らかに意味が違う。

「菜穂《なほ》ちゃん、ここ触っていい?」

「だぁめ」

「えー、いいじゃんいいじゃん、ちょっとだけ」

その日も同じクラスの女子を空き教室に連れ込んでいちゃいちゃを楽しんでいたが、久瀬は

「やっぱ、こういうの、される方もやってみたいよな……」と昨夜《ゆうべ》初めて見たゲイ動画を思い浮かべていた。

ずっとうっすら興味を持ちつつ、本能的に「ハマったらヤバいかも」とそっち方面は避けてきた。が、好奇心に勝てず、とうとう昨日、スリムマッチョのくんずほぐれつのサムネイルをクリックしてしまった。ここのところの暑さにやられたのかもしれない。

「久瀬君、えっち〜」

夏休みが始まってから使われていない北向きの一階は、体育倉庫の陰になっているおかげか、思ったより風が通って涼しかった。それでも机の上に腰を乗せた菜穂《なほ》をぎゅっと抱きしめればもちろん暑い。

「だって菜穂ちゃん可愛いから。あー、おっぱいやわらかーい」

中二のときに姉のギャル友達と初体験を済ませて以来、さんざんいろんな女の子と楽しいことをやってきた。

「ほんと可愛い、大好き」

「もー、誰にでもそういうこと言うんだから」

と口を尖《とが》らせつつ、彼女もめぼしい運動部のエースはほぼ全員制覇《せいは》したと噂されるつわものだ。

それなりに痛い目にあってきて、久瀬は「遊びは遊び人同士にかぎる」と学習していた。久瀬はただ楽しくやりたいだけで、女の子を泣かせたいわけではない。人並みに罪悪感はあるので、傷つけてしまったことについては反省もしていた。今はバイト先で知り合う年上のお姉さんとか、実姉《じっし》のギャル仲間あたりと遊ぶようにしているが、同級生女子にも同類はいる。

「んー」

一応進学校ということもあって、姉の友達のような強烈な男好きはいないが、久瀬と似た価値観の持ち主はいなくもない。さすが一発必中と言われるだけある、と菜穂のそそる上目使いにちゅ、ちゅ、と軽いキスを繰り返し、胸の弾力を堪能《たんのう》する。

女の子の柔らかい身体は大好きだ。

夏制服はブラ紐《ひも》が透けそうでエロいし、ちょっと汗でしっとりしてるのも気持ちいい。が、男の汗のにじんだ肌や、むっとするような熱気に圧《お》し潰《つぶ》されてみたい…という欲求を、昨日とうとうはっきりくっきり、自覚してしまった。

「どうしたの？」

「あ、ごめん」

いつの間にかまた昨夜視聴したゲイセックスの映像が頭を占拠《せんきょ》していた。やはり自分はどっちもいける、というやつだ。

「暑くて、ちょっとぼーっとしてた」

今日は前期赤点の生徒のための補講日で、だるい補講の合間にちょっと息抜き、と彼女を誘い出した。いちゃいちゃしてみて気が向いたら、補講のあと続きをしようよ…と誘ってみる算段だった。

「菜穂ちゃんいい匂いするなあ」

気を取り直して菜穂の肩を抱き寄せたとき、がらっと教室の扉が開いた。

「えっ、あっ、ご、ごめん！」

びっくりしたが、突然入って来た相手のほうがもっと驚いていた。

「は？　なに急に入って来てんのよ」

突然ドスの効いた声になって、菜穂が振り返った。

「ごっ、ごめん！　でもここ、バスケ部が着替えに使ってて」

焦《あせ》っているのは、同じクラスの鳴町《なりまち》だった。バスケ部のユニを着ていて、手にバッシュを持っている。

「ばーか」

久瀬の腕からするっと抜け出し、菜穂は戸口のところですれ違いざま、鳴町に捨て台詞《ゼリフ》を吐いて出て行った。

あらら、と思ったが、追いかけるのもなんとなくダルい。

鳴町は困ったように立ち尽くして菜穂の後ろ姿を見送ってから、おずおずと取り残された久瀬のほうを向いた。

「鳴町、部活?」

声をかけてみると、鳴町は俺の名前を知ってるのか? というように目を丸くした。

一年のときから同じクラスだが、鳴町とはほとんどしゃべったこともなかった。というか、久瀬はクラスの大半の男子とさほど交流がない。近くにいれば誰かれなく話しかけるほうだが、相手が勝手に委縮《いしゅく》するので、つるむのは久瀬と同じような「学校が終わってからが本番です」というタイプだった。まずまずの進学校では少数派で、正直、同じクラスでも名前と顔が一致しているのは片手で数えるくらいしかいない。

鳴町の存在を認識していたのは、一年のときに「あれ、こいつ俺と同じ名前じゃん」と気づいたからだ。鳴町了と久瀬了《おさむ》。下の名前の字が同じ、というのに「ふーん」と思っていた。

「あ、あの。ごめん、本当に邪魔するつもりはなくて…」

赤い顔をして、鳴町はそそくさと教室に入ってきた。菜穂と「ここ空いてるじゃん」とこっそり忍び込んだので気づいていなかったが、確かに後ろの席二列には、エナメルバッグやシューズバッグ、制服が山になって置かれていた。

「部室に使ってんの? ここ」

「う、うん。クラブハウスは三年専用だから。俺は今日用事があるから先に…」

もごもごと返事をしながら、鳴町は後ろの席に行って着替え始めた。ほどよく筋肉のついた背中に、ふと目を引かれる。

「鳴町って、背、何センチあんの？」

すぐに出ていくだろうと思っていたのだろう。久瀬が机に尻を乗せたまま話しかけると、鳴町は意外そうに肩越しにこっちをちらっと見た。鼻の形もなかなかいいし、確かに「よく見るとけっこうイケてる」だ。

そう言ったのは、実は菜穂だった。彼女の「運動部のめぼしいメンツ」に鳴町も「ぎりぎり」で入っていた。が、彼女の誘いに唯一乗らなかったのも鳴町で、菜穂は「自分に自信のない男ってほんっとつまんない」と鼻で笑っていた。

「春に測《はか》ったときで、百八十一」

「あ、いいな。俺もあと三センチで大台だったんだけど、一年のときからぜんぜん伸びてねーから、たぶんこのまま百八十には届かずだなー」

「久瀬君は、でも足が長いから」

「ん？」

いきなりそんなふうに褒《ほ》めてくるとは思わず、ちょっと驚いた。

「顔もかっこいいし」

「うん、知ってる」

あはは、と笑ったが、鳴町は頬を赤らめて笑わなかった。なんだか調子が狂う。

「鳴町ってさ、下の名前、なんていうの？」

「了《りょう》」

汗で濡れたユニを頭から抜いていた鳴町が、今度は身体ごと久瀬のほうを向いた。あ、やっぱすげーいい身体してる…、と久瀬は無意識に上半身裸になった鳴町を観察していた。

「久瀬君も、同じ字だよね」

鳴町が遠慮がちに言った。やはり気づいていたようだ。

「そうそう、でも俺はオサム。リョウのがかっこいいよな」

「え、そんなことはないよ」

慌てたように首を振る鳴町に、おまえ自身のことじゃねーよ、名前のことだよ、と心の中で笑った。でも確かに素材はいいよな、と菜穂に賛同する。

「でもさ、俺のオサムって、もう子どもはこれ以上いらないですからよろしく神様、て意味なんだよ。ダサくね?」

愚痴《ぐち》るというほどでもなく話すと、鳴町はどういう意味なんだろう、というようにかすかに首を傾《かし》げた。

「おれんち、五人兄弟なんだよ。いまどき多いだろ? 俺の上に三人いてさ、オサムってつけたけどぜんぜんおさまんなくて、妹いんの、笑えるだろ。結《ゆい》ってつけて、やっとおさまってんの」

鳴町は久瀬がどんどん話しかけてくるのに緊張しているらしく、弱々しく笑った。

「まじで、金があるならいいけど普通の夫婦が五人も産むなよって話だよ。中古のちっこい戸《こ》建《だ》てだから、ひしめきあって暮らしてて、なんでも早い者勝ちで、弱肉強食で育っててっからね、俺」

親と生々しい話はできないが、連続避妊失敗かよ、と思っていて、ついでに性欲旺盛《おうせい》なのはきっと遺伝だな、とも思っている。上の三人も中学のころから彼氏や彼女をばんばん連れ込んでいて、今は長兄《ちょうけい》と長姉《ちょうし》が家を出たのでだいぶマシになったが、久瀬が小学生のころはかなりカオスな暮らしぶりだった。

「おまえんちは？」

「うちは、兄貴が一人」

「ふーん。鳴町の兄貴なら、頭いいんだろうな」

鳴町は全国模試で名前が出るくらいの秀才だ。本来もっと上の高校に行くはずだったのが怪我か病気で受験をふいにして、しかたなくここに来たのだと耳にした。

「なに？」

「いや…、久瀬君が俺のことを認識してるのが、意外で」

「だって一年のときから同《おな》クラじゃん」

「そうだけど。あの、俺、久瀬君と同じクラスになれて、すごくよかった」

鳴町が思い切ったように言った。

「へ？　なに、突然」

同じクラスといっても鳴町とはなんの接点もない。

「久瀬君のいるところは平和だから」

「ああそれな。よく言われる」

久瀬は苦笑した。自分ではあまり意識していないが、イベント好きでおしゃべりで、ついでにあまり人の好き嫌いがないので場の空気がよくなるらしい。これも遺伝じゃねーの、と思っている。久瀬の家族は全員そんな感じだ。おのおのが好き放題していて、よくも悪くもあまり深くものを考えない。

「覚えてないだろうけど、俺、志望校に落ちてここに来たから一年のときふてくされてて、態度悪くて、それで浮いちゃってよけい嫌になって悪循環《あくじゅんかん》、みたいになってたんだけど、久瀬君がいて…助けてくれた」

「は？　俺が？」

まったく記憶になくて、なんのことだ、と驚いた。鳴町が妙にまぶしそうに微笑《ほほえ》んだ。

「うん、久瀬君がそんな気ないのはわかってる。それでよけいに助かった。久瀬君はいつも自分の好きなことしてるだけで、それがすごくよかったんだ」

「はあ」

何を言っているのかよくわからないが、まあ頭のいいやつはいろいろ面倒くさいこと考えがちだからな、と久瀬は雑に片づけた。

「それで、さっきはごめん。じゃまするつもりは本当になかったんだ」

「菜穂ちゃん？　ああ、いーよ。てか、どっちかってったら俺らが勝手に部室荒らしてたようなもんじゃん」

それより、と久瀬はふと思い出して含み笑いをした。

「鳴町も菜穂ちゃんに迫《せま》られたんだろ？」

「え」

シャツのボタンをはめていた鳴町が、驚いたように顔を上げた。

「迫られたって…英訳教えてって言ってきて、なんかへんな感じになったからびっくりしたことあるけど」

「あー、ね」

おっぱいを押しつけられ、慌てて逃げ出した鳴町の映像が容易《ようい》に浮かぶ。

「菜穂ちゃん、めんどくさいこと言わない子だから、ちょっとだけ楽しいことさせてもらったらよかったのに」

「でも俺は、好きな人がいるから」

鳴町が突然宣言するようにきっぱりと言い切った。

「好きな人以外とは、そういうことしたくない」

「え？　なに、どしたの突然」

まっすぐ目を見て言われ、好きでもない女子といちゃつく態度を糾弾《きゅうだん》されているのかと思いかけたが、そうでもないらしく、鳴町はまた急に赤くなって目を逸《そ》らした。

「ごめん、今の、な、なしで」

えらくうろたえているので、おかしくなって笑った。鳴町は困っていたが、久瀬につられるように自分も笑った。

なんか変なやつだな、と思ったが、それからときどき話すようになった。

クラスで、鳴町はひっそりしている。背が高く、勉強もできるし運動神経もいいのに、口数が少なくて目立たない。久瀬はつるんでいる連中でなくても、近くにいれば誰かれなくしゃべる。今までわざわざ近寄ってまで話しかけたりはしなかったが、鳴町を見つけるとなんとなく声をかけるようになった。

最初、鳴町は戸惑っているようだった。久瀬が近寄ると、いつもつるんでいる派手な連中もれなくくっついてくる。廊下で鳴町を取り囲むようにして雑談しているのを、トラブルだと勘違いした教師が間に入ろうとしたこともあった。

「俺らが鳴町締めてるように見えたんだな」

「バスケ部、今年はいい線いってたらしーじゃんって聞いてただけなのに」

悪い悪い、と教師が去って行き、げらげら笑っていると、鳴町も困ったように笑った。

「けど県大会二回戦までいったってすげーじゃん」

仲間は食堂でなんか食おうぜ、と流れて行ったが、久瀬はそのまま鳴町と話し込んだ。

「見に行けばよかったな。鳴町、スタメンだったんだろ？」

「いや、定着はしてない。たまたま地区大会でスリーポイント調子よかったからそのまま使ってもらえただけで」

最初のうちは久瀬が話しかけると緊張していたが、このところはだいぶ慣れたようだ。

「それに、俺はもう引退だし」

「ああ、鳴町は特進《とくしん》かぁ」

三年からは進路によってクラスが分かれる。文武両道を標榜《ひょうぼう》する校風だが、特進に入るつもりの生徒は全員、三年になる前には引退するのが決まりだった。

「久瀬君は？」

「俺？　まだ決めてねーけど、どっかの専門学校行くと思う」

上の姉が美容師で、なんとなく美容師もいいかなと思っている。そんな話をすると、鳴町が意外そうに目を見開いた。一応進学校なので、大学受験をしない生徒は少数派だ。

「俺はまぐれでここ受かっただけだからさ。家の近所のアホ高受かって、兄貴の制服あるからちょうどいいとか言われてうんざりしてたら担任におまえ私立はワンチャンあるかもよって言われて、ここ美人多くて有名じゃん？　校風自由だしさ、ほんで受けたら受かってしまったわけよ。だから毎回補講なんだけどさ」

勉強は嫌いだが留年は避けたいので、久瀬もそれなりに頑張っていた。

「定期テストは範囲決まってるから、暗記科目から片づければそれなりに点とれるよ」

「くそ、さらっと言ってくれるよなあ。つか、俺の場合範囲どこだよって、そこからなんだけど」

「俺のノート、貸そうか？」

鳴町が遠慮がちに言った。

「えっ、いいの？」

思わず飛びつきそうになったが、特進を狙っている鳴町に、ノートを貸したりしている暇はないはずだ。

「けど鳴町もノートいるだろ」

「今日、帰りにコンビニでコピーしたらどうかな」

鳴町のほうからそんな提案までしてきたので、それなら、と久瀬はありがたく話に乗らせてもらうことにした。

「駅まで、バス道《みち》歩いて行かない？」

その日の放課後、鳴町の部活が終わるのを待って一緒に昇降口《しょうこうぐち》から出ると、鳴町が、妙に緊張した様子で言った。

「ああ、今だと待つよな」

駅までは歩くと二十分ほどかかる。

正門前から駅行きのバス停まではすぐで、自転車組以外の生徒はほとんどバスを使う。朝夕それなりの本数が出ているが、ちょっと時間がずれるとかなり待たなくてはならなかった。

歩いたほうが早いよな、と久瀬は鳴町と一緒に国道沿いの歩道を歩き出した。ゆったりした歩道は市民公園が近いこともあって、街路樹が美しく整備されている。気づくといつの間にか秋が深まっていた。六時を少し過ぎただけなのに、空は群青《ぐんじょう》が濃く、街路樹の枝葉《しよう》がシルエットになっている。

「なんか、考えてみたら鳴町と二人でバス道歩くの、面白いな?」

少し前を行く同じ制服の男女が仲良く手を繋《つな》いでいるのが目に入って、久瀬は笑った。「バス道」と生徒たちが呼んでいるのには、ちょっとした冷やかしが入っている。つき合っているカップルが、少しでも長く一緒にいたくてバスに乗らず二人きりで下校していくのに使う道だからだ。街路樹が枝を伸ばすカーブの多い通りは人目をさりげなく避けるのにも適していて、在学中に彼氏彼女とバス道で帰る、というのがこの学校の生徒にはちょっとした憧《あこが》れにもなっていた。

「久瀬君はいろんな女子と歩いてるよね」

「まあ、そうね」

どうやらそっち方面は潔癖《けっぺき》らしい鳴町に、久瀬は曖昧《あいまい》にうなずいた。

「一回でいいから一緒にバス道帰って下さい！　ってお願いされたりしてさー」

冗談めかして笑ったが、一年女子の間でなんらかのブームが来ているらしく、本当にそんなお願いを何度かされて、購買部《こうばいぶ》の最高級サンドイッチとカフェラテを貢《みつ》がれたりした。

「思い出には価値があるんだ」

鳴町にそう話すと、妙にしんみりされて面食らった。

「本当につき合ってなくても、好きな人との思い出がほしいって気持ち、俺はよくわかる」

「ふーん、そんなもんかね？」

「そんなもんだよ」

「あー、そういやおまえも好きな子いるって言ってたもんな。じゃあ鳴町もその子になんか貢いで一緒に歩いてもらえば？」

なにげなく言っただけなのに、鳴町はまた突然真っ赤になった。

「なんだよ」

本当に変なやつ…と笑いかけて、久瀬ははっと頭の中に稲妻《いなづま》が走った。

ノートのコピー、それはつまり「貢ぎ物」なのでは？

つまり、もしかすると、――鳴町は俺に気があるのか？

その閃《ひらめ》きは、久瀬自身が「男とやってみてえな」という願望を秘めていたからこそだ。

久瀬はそっと横を歩く男を盗み見た。鳴町もこっちを窺っていて、目が合ってわかりやすく頬をこわばらせた。

もしやこれは本当に――ありえる――のか？

鳴町が俺に気があるとして、こいつは「どっち」だ？

一度禁をやぶってからはしょっちゅうゲイ動画を漁《あさ》っていて、久瀬は「男とやるなら絶対ネコだな」と希望していた。

一回やられてみたい。

女のほうが気持ちいいらしいと聞くし、久瀬は昔から性に対する好奇心が強かった。

自分が女の子にするように、甘く押し倒され、両足を開かされて、そして熱い欲望を突き立てられてみたい。

しかし、女の子と違って男は相手探しのハードルが高かった。

マッチングアプリを使う手もあるが、知らない男といきなり、というのはさすがの久瀬も躊躇《ためら》いがある。高校生の身分でその手の場所に足を踏み入れるのもリスクが高い。せめて卒業してから偶然を装《よそお》ってお仲間の集《つど》う場所を覗いてみる、というのが一番穏当《おんとう》かな、と考えていた。

「――久瀬君」

駅が見えて来て、歩道に長い影が伸びている。鳴町が突然足を止めた。

「ん？　え、なに？」

「俺、久瀬君のことが好きだ」

ストレートに、一息に、鳴町が言った。

久瀬は息を呑んだ。

もしや、という疑惑が湧いてわずか二分ほどで答え合わせしてくるとは思わなかった。

「好き、っつうのは、その」

我ながらダサい返しをしてしまった、と後悔するより先に、鳴町はぐっと眸《ひとみ》に力をこめてきた。

「好きだ」

いつの間にか向かい合っていて、背後の車道からのヘッドライトが鳴町の頬を明るくしたり暗くしたりする。それが鳴町の心臓の鼓動《こどう》のようで、久瀬は少しの間、完全に見惚《みと》れていた。

ほんの数秒見つめ合って、先に目を逸らしたのは久瀬のほうだった。急に心臓が激しく打ち出し、持っていたスクールバッグがひどく重くなった。

「無理なのはわかってる。ただ、久瀬君に好きだって言いたかったんだ」

すごいな、こいつ。

素直にそう思った。

久瀬は女好きで通っている。自惚《うぬぼ》れるわけではないが、その上でモテているし、かなり目立

つ存在だという自負《じふ》もあった。

そんな相手に告白するのは、いくら玉砕《ぎょくさい》覚悟でも、勇気がないとできないことだ。

「鳴町、すげーな」

感心して呟くと、鳴町が瞬《まばた》きをした。

「なにが?」

「だって、この女好きでモテる俺に告白しようとか、なかなかできねえよ」

自分で言うか? というツッコミ待ちの発言だったが、鳴町はひたすらじっと久瀬を見つめている。

鳴町はゲイだ、と言いふらされる可能性だってある。久瀬はそんなことはしないと信用してくれているのかもしれないが、それでもたいしたものだ。久瀬は息を吸い込んだ。

「見直したぜ、鳴町!」

久瀬は勢いよく鳴町の肩を叩き、そのしっかりした筋肉を手のひらに感じた。

「前から思ってたけど、鳴町っていい身体してるよな」

唐突に褒められて、鳴町が困惑するのがわかった。久瀬はぐいぐいと肩のあたりを揉《も》んだ。

やはり重量感があっていい。

「制服だとあんまわかんねーけど、この前着替えてるの見て思った。筋肉のつき方かっこいいよ」

「…ありがとう」

口元を引き上げて笑って見せたが、目を伏せていて、久瀬が告白をかわそうとしているのだと思っている。

「あのさ。俺、実は男と一回やってみたいなって前々から思ってたんだよ」

鳴町を見習って、久瀬も率直《そっちょく》に告白した。

「——は?」

鳴町が顔をあげた。

「いや、女の子も好きだけど、男もいいなあって思ってて」

「はあ?」

「バイセクシャルってやつなんじゃないかと思うんだよ」

もう声もなく、鳴町の目がこれ以上は無理、というくらい大きく見開かれた。

「ぶっちゃけ、鳴町は俺を抱きたいって感じ? 逆? どっちよ?」

鳴町は絶句している。混乱しているのがありありとわかって、久瀬は急いで説明した。

「俺、鳴町を抱くのはちょっと無理だけど、逆には興味ありまくるんだよなー。やったことはないんだけど」

初めては経験豊富な男にリードしてもらうのが無難《ぶなん》だと思っていたが、鳴町なら無茶はしないだろうし、久瀬としては気が楽だ。

「だから、もし鳴町が俺を抱きたい、っていうんならちょうどいいなと思って。なあ、どっち？」

「…だ」

たっぷり一分の沈黙を破って、鳴町がようやく発語《はつご》した。

「だ？」

ごくりと喉《のど》が動き、久瀬はその鳴町の喉ぼとけに奇妙な情動《じょうどう》を感じた。

通り過ぎていくヘッドライトが、鳴町の瞳に光を乗せる。

「――だ、抱き、たい」

「ほお！」

「いや、いやいやいやいや、ちょっと待って！」

それなら、と勢いづいた久瀬を、鳴町は激しく首を振って遮《さえぎ》った。

「久瀬君は、俺のこと、す、すき――とかじゃな、ないよね…？」

「好きだよ？　嫌いな奴とえっちなことしようとか思わないだろ、ふつー」

「いや…えっと…」

鳴町は完全に混乱していた。たぶん「ごめん」以外の想定をしていなかったのだろう。最悪は嘲《あざけ》られ、キモいと罵《ののし》られる、そのくらいは覚悟の上で、潔《いさぎよ》くふられて前に進もう――そんな決意が透けて見えたが、久瀬としてはぜひ別のご提案をしたかった。

「とにかく一回やってみようぜ！　合う合わないあるし、俺も男とやるのは初めてだから、ひょっとすると無理かもだし。やってみないことには始まらないだろ？」

熱心に口説《くど》くと、鳴町がうろうろと視線をさまよわせた。

「え……いや、でも、でも」

「鳴町、やったことあんの？」

そういえば、勝手に童貞だと思い込んでいたがもしかすると経験者かも。それならなおのことありがたい。

「ないよ！」

鳴町が憤慨《ふんがい》した。

「俺は好きな人としかそういうことはしたくないって言っただろ。俺は久瀬君が…初恋だから」

初恋、というときに鳴町の声が少し震えた。

「く、久瀬君がそういう人だっていうのは知ってるけど、俺は——そ、それでもやっぱり好きで」

「ありがとう」

そうだ、まだお礼言ってなかった、と久瀬は慌てた。

「ほんと、ありがとな。鳴町」

久瀬は鳴町のほうに向き直って、きちんと視線を合わせた。

ちゃらい遊び人、と周知《しゅうち》されてから、久しくこんなふうに告白されることもなくなって、すっかり忘れていた。

「俺なんかを好きになってくれて、超嬉しい。けど俺、この性格だから真剣に思ってくれるのちょっと辛《つら》いんだ」

真剣な思いを軽く扱って傷つけてしまったことが何度かあって、久瀬は久瀬なりに反省していた。

「鳴町には不愉快だろうけど、俺は誘惑と欲望に弱くて、そんで楽しいことと気持ちいいことがめちゃくちゃ好きなんだよね。生まれつきだから直んないと思う。だから誰か一人と真剣につき合うとかは無理なんだ。最低って思われてもしょうがない」

せめて正直な気持ちで応《こた》えよう、と我ながらひでえなあ、と思いつつ話すと、「最低」のところでぽかんとしていた鳴町の頬が急に引き締まった。

「俺はでも、そういう久瀬君が好きだから」

「え、そう?」

きっぱりと言われて、今度は久瀬が戸惑った。

「あの。ちょっと考えさせてもらってもいいかな」

「なにを?」

「つまり、久瀬君は俺と、その、そういうことをしてもいいって思ってるけど、俺の気持ちには応えられないってことだよね。つまり、前から男とやってみたかったから、ちょうどいいやって思ってる」

まとめられると身も蓋《ふた》もない。

「ごめんな。その通りです」

「わかった。ちょっと考える」

「えっ、考えてくれるの？　やったー。ぜひ前向きに検討して！」

思わずはしゃぐと、鳴町は微妙な表情になった。

そのあと駅前のコンビニで約束通りノートをコピーさせてもらったが、鳴町はずっと浮かない様子で、もしかしたら呆れられて百年の恋も醒《さ》めました、ってやつかもなあと思っていた。

が、次の日の昼休み、仲間と購買部に行こうとしているところを目で合図されて渡り廊下の隅っこで返事をくれた。

「一晩よく考えたんだけど、ずっと好きだった久瀬君がお試しでも提案してくれたのに乗らなかったら、一生後悔すると思った」

いろいろ思い悩んだのだろう。鳴町は目の下にうっすら隈《くま》を作っていた。お断りを予想していて、悪いことしたな、とも思っていたから、まさかの返事に驚いた。

「えっ、マジで⁉　いいの⁉」

「ただし」

色めき立った久瀬に、鳴町が慌てたように付け加えた。

「一つだけ、約束してほしいんだ」

「なになに？」

鳴町の表情がぐっと引き締まった。

「もし、久瀬君が、その、試してみて、俺と続けてもいい、と思ってくれたら…、そのときは、男は俺だけにしてほしい」

「了解です！」

ほとんどかぶせるように返事をした久瀬に、鳴町はうさんくさそうに目を眇《すが》めた。

「久瀬君、やってみないとわからないし、面倒くさいこと考えるのはあとでいいやとか思ってない？」

「なんでわかったの？」

ずばり図星をさされてびっくりした。鳴町がため息をついた。

「わかった！　考えた！　男は鳴町だけにします！」

とっさに誓《ちか》ってから、久瀬は声をひそめた。

「で、どうする？　ラブホは男同士だと目立つだろうし、目ぇつけられて高校生ってバレたらめんどいぞ」

女子とやるならそこそこ安全確保できる場所の目星がつくが、男同士で、かつ初めてなので慎重になる。

「俺の家に来る？」

鳴町が遠慮がちに提案した。

「鳴町んち？　いいの？」

夜まで誰もいないというので、さっそくその日、部活が休みだった鳴町について行った。

「へー、すげえ広いな」

鳴町の自宅は広々としたマンションで、マンションなのに中庭があったり、シューズクロークにロードバイクが置いてあったりで、せせこましい中古の戸建て民には目を丸くするしかないハイソサエティな匂いがした。

「よし、ほんじゃいろいろやってみようぜ」

久瀬はわくわくしながら制服の上着を脱ぎ、鳴町の部屋のベッドに腰を下ろした。

ちらっと見えたリビングは見るからに高価そうなナチュラルテイストの家具で統一されていたが、鳴町の自室はごく普通の高校生男子の部屋だった。雑多《ざった》なものが詰め込まれた本棚と学習机、見覚えのあるクラブ用のナイロンバッグが隅っこに投げ出されている。

「来いよ」

鳴町は帰り道の段階ですでに緊張しているようだった。久瀬がなにを話しかけても「うん」しか言わない。

ドアの前で固まっている鳴町をうながすと、ぎくしゃくと近寄ってきた。

「ちょ、ちょ、ちょっと待って…！」

隣に座った鳴町にキスしようとすると、ストップがかかった。

「心の準備が、まだ」

緊張しきっている鳴町に、わくわくしていた久瀬もちょっとつられてしまった。

「俺も男とやるのは初めてだからさ。優しくしてね、鳴町君」

緊張をほぐそうとふざけて言うと、鳴町が今度は怒った顔になった。

「ごめん、怒んないでよ」

「怒ってないよ」

「鳴町」

甘く囁いて、身体をもたせかけてみた。鳴町の心臓がばくばくしているのが伝わってくる。柄にもなく久瀬も固くなった。

「……」

鳴町が、そっと顔を近づけて来た。あ、やっぱりこいつ素材いいよな…と形のいい鼻とくっきりした二重《ふたえ》を観察してから、久瀬は目を閉じた。柔らかな唇の感触がして、鳴町の手が久瀬の肩を抱いた。大きな身体に抱きすくめられ、久瀬は「男だ」と唐突に思い知った。

力強い腕、広い肩、頬に触れたざらっとした感触。なにより熱量が違う。

やばい、男だ……本当に、男だ。

「鳴町」

突然、どっどっ、と心臓が強く打ち始めた。エロ動画を見て夢想《むそう》していたのとはぜんぜん違う。やばい。これはやばい。興奮する。

女の子をリードするときのうずうずするような感覚とはまったく違う種類のスリルに、久瀬はすっかり夢中になった。

気づくとめちゃくちゃに舌を絡《から》ませるキスをしていて、ベッドに押し倒されていた。

「久瀬君…好きだ」

鳴町が息を弾《はず》ませながら上から見つめている。

「久瀬君、本当に男とはしたことないんだよね…?」

「うん、残念ながら」

「やり方って、わかってる…？　その、準備とか」

「準備」

「うん」

はて、と久瀬は首をかしげた。

一度禁を破ってからはほぼ毎晩ゲイ動画を漁っているが、面倒な前置きはすっとばして、クライマックスしか視聴していない。めちゃくちゃローション使うんだなー、まあ女と違って濡れないもんなあ、というくらいの感想しかなかった。

「トイレとシャワー、向こうだから」

「？」

手渡されたものを目にして、久瀬は意味を悟《さと》るのにたっぷり一分かかった。

「は⁉」

付《つ》け焼《や》き刃《ば》の知識しかない久瀬と違って、鳴町はさすがに本物だった。

「いやいやいや」

「でも、ちゃんと準備しないと久瀬君が辛いから」

心配そうに言われて、背中に冷たいものが伝った。

「出して、広げないと」

「出して、広げる…？」

鳴町がスマホでハウツー動画を表示させた。

「おわっ」

いきなり上半身裸の男が二人でポーズをとっている画面が現れ、不意打ちに変な声がでた。

「これがわかりやすいと思う」

「はあ」

ラブ&セーフという二人の若い男が画面の中でいちゃいちゃしながら「ぼくたちも初めての

ときは失敗ばっかりでぇ」と生々しい必需品を並べて解説している。

「どうする？　やめる？」

「馬鹿言うんじゃねえ。ここまできたら絶対遂行《すいこう》だ！」

鳴町に気遣われて、久瀬は覚悟を決めた。それに、やっぱりこの機会は逃《のが》せない。

色気もムードもなく、二人で動画を覗き込んで「出して、広げて」を実践《じっせん》し、すったもんだの挙句《あげく》、いざ本番に挑《いど》んだ。

「は、はいった……？」

「入った」

鳴町の声に感激が滲《にじ》んでいる。

「ぜんぶ？」

「いや、半分くらい」

「嘘だろ…」

一番楽な体位で初心者にお勧《すす》め、とラブ＆セーフは後背位《こうはいい》を推奨《すいしょう》していたが、顔を見てやりたいという鳴町のリクエストで腰の下に枕を突っ込み、前からチャレンジした。

「久瀬君、大丈夫？」

はあはあ息を切らしながら、鳴町が掠《かす》れた声で訊いた。鳴町はすでに二回射精している。久瀬が手で触った瞬間と、準備万端《ばんたん》のそこに先っぽが入った瞬間に出して、でもまったく萎《な》えない。同じ年だが「鳴町、若《わけ》え」と驚嘆《きょうたん》していた。

対して久瀬は勃起どころではなく、とにかくこのプロジェクトの完遂《かんすい》だけを目指していた。

「あー、なんかも、わけわかんね…」

「痛いよね」

「痛いけど、もうひと思いにやっちゃって」

「そんな」

「ほんと、遠慮なく」

気持ちいいとかなんとかより、自分の身体の中に他人のものが入ってくる、という感覚が圧倒的で、久瀬は「悪くない」と心の中で呟いた。

「あ」

ぐっと押し広げられ、充足《じゅうそく》する。汗がこめかみを伝い、鳴町がかがみこんでキスをしてきた。

こいつ、本当に俺のこと好きなんだな……。

情熱を秘めた瞳に、久瀬はぞくっとした。

好きだ、という気持ちも無理やり突っ込まれている気がする。

「鳴町」

名前を呼ぶと、鳴町の湿った睫毛《まつげ》が動いた。

「好きだ…、久瀬君」

「クン、いらねえ」

久瀬は鳴町の手を探して指を絡めた。

「おまえは俺の彼氏だろ？」

鳴町が目を見開いた。

「男はおまえだけだから。約束する」

それが久瀬の精一杯だ。鳴町の耳が赤くなった。

「うん」

鳴町が、指を絡めたままの久瀬の手を口に持って行った。

「好きだ、……く、久瀬」

両足を大きく広げさせられ、中に欲望を埋《う》め込まれて、久瀬は息を呑《の》んだ。あと何回か経験を重ねれば、きっとものすごい快感が得られそうな予感がある。

「俺も、鳴町好きだよ」

自分の「好き」の軽さに、少々後ろめたさはあった。それでも鳴町は感激したように目を瞬《しばたた》かせた。

「ありがとう」

鳴町はもう一度、久瀬の指先に口づけた。気障《きざ》な仕草が案外しっくりくる。

彼の抱《いだ》く感情に釣り合うだけのものは返せない。でも、鳴町はそれを承知で久瀬の手を取った。

「好きだ」

真摯《しんし》な眸《ひとみ》に後ろめたくなり、せめて他の男は作らない、という約束だけは守ろうと決めた。まあ、そのうちこいつも虚《むな》しくなって離れていくだろうし、それまでせいぜい楽しくやればいいや。

そのときは、そんな感覚だった。


でも、それからずっと鳴町は久瀬の唯一の「彼氏」でい続けている。

4

「久瀬《くぜ》、本当に手は大丈夫なのか？」

ラブホの浴槽《よくそう》に二人でざんぶり浸《つ》かり、鳴町《なりまち》が両手で濡れた髪をかきあげながら訊いた。

「うん。しっかし拘束《こうそく》プレイやばいな。めっちゃ興奮した」

右手はちょっときつく締めてもらいすぎたかなあ、と思いつつ、久瀬はたっぷりの湯を堪能《たんのう》した。ぬるめで、鳴町は久瀬の好きな湯加減をよくわかっている。

「鳴町もノリよかったじゃんか。今度目隠ししてやってみようよ。あっ、緊縛《きんばく》とかって興味ない？　鳴町器用だから練習したらできるようになるかもよ」

しねえよ、と鳴町が呆れた顔になった。

「俺は普通でいい」

「でも、それじゃ飽きない？」

「飽きるわけがないだろ」

鳴町が嫌そうに言い返した。

「ふぅーん」

高二の秋口に初めてセックスしてから、気づけばもう十年以上が過ぎている。

まさかこんなに長く続くとは思っていなかった。あの頃、久瀬はとにかく「男とやってみたい」という性欲と好奇心だけで鳴町の告白を受け入れた。そんなに長く続かないだろう、どんなに長くても高校を卒業したら切れるだろう、と漠然《ばくぜん》と思っていた。でも鳴町は離れていかなかった。人間関係に執着《しゅうちゃく》のない久瀬には理解できないが、せっせと連絡をとっては会いに来る。

約束通り、久瀬は鳴町以外の男は探さなかった。職業柄、ゲイとかバイとか周囲にはそこそこいて、誘いをかけられることもあったが、ふらふらしそうになるたび、久瀬はぐっと我慢した。我ながら偉いと思う。

代わりに久瀬の女癖の悪さには、鳴町は目をつぶってくれる。

「おまえさ……」

「ん？」

そして湯を手でかきまぜている鳴町は、ずっと久瀬一筋だ。

向こうだってちょいちょい別のと遊んでるかもよー？　と鳴町の存在を知っている友達には
そんなことも言われるが、久瀬はいっそそのほうが気楽なんだけど、と思っていた。

鳴町は常に全力で、久瀬だけを好きでいる。

それでいいのか？　と柄にもなく気になって、おまえもゲイバーとか行って開拓したら？

などとよけいなお節介《せっかい》を言ったこともある。鳴町はむっとして返事もしなかった。

「鳴町って、本当に俺のこと好きだよな」

「好きだ」

気負《きお》いもなく返されて、毎回のことながらその揺るぎのなさに少々驚いてしまう。久瀬は執着心が薄く、そのときそのときの気分最優先で生きてきた。当然人間関係もどんどん変わっていく。

変わらないのは、鳴町だけだ。

鳴町はどんなに忙しくても週末には「会えないか」と連絡をよこす。忙しくない時期には毎日よこす。気が向かないと返事もせずスルーしてしまうし、基本、久瀬は自分勝手だ。それでも鳴町は離れていかなかった。この十年、ずっとそうだ。正直、あまりに真摯《しんし》な気持ちをぶつけられて腰が引けていた時期もある。わざとそっけなくしてみたが、鳴町は変わらなかった。

自分のどこをそんなに気に入ってくれているのかは知らないが、鳴町がこれでいいと言っているのならいいんだろう、と久瀬は深く考えないことにした。

俺の人生は俺の人生、鳴町の人生は鳴町の人生。みんなおのおの自分のハッピーを追求すりゃいい、というのが現時点での久瀬の結論だった。

最近では新しく出会った女子と駆け引きするのも飽きてきて、かといって馴染みの女子とまったりするなら鳴町が一番楽でいいな、と思ってしまう。

「あれ、もしかして精算しちゃった？」

髪を乾かしてから出ていくと、鳴町はもうすっかり帰り支度を済ませていた。

「今日は俺が払うって言ったのに」

「じゃあ次は頼む」

さらっと言う鳴町は、収入もいいのだろうが、基本的に久瀬には支払いをさせない。学生のころは割り勘《かん》にしていたが、社会人になってからはちょくちょく無職になる久瀬と、安定収入の鳴町の組み合わせのせいもあって、自然にこうなった。稼《かせ》いだぶんだけ使ってしまう久瀬と違って、鳴町は計画性もあるし、堅実《けんじつ》だ。その鳴町がいいっていうならいいんだろ、とこれまたずっと甘えっぱなしになっていた。

「久瀬」

「うん？」

やっぱりちょっと右手が痛い。かばいながら服を着ていると、鳴町に気づかれた。

「おまえ、手が痛いんじゃないのか？」

「や、ちょっと違和感あるだけ」

言い訳してそそくさとバッグを摑むと、思いがけずズキっときた。

「いて」

「おい、大丈夫か」

鳴町が顔色を変えた。

「筋《すじ》痛めたかな」

左は問題ないが、右はだんだん痛みがひどくなっている。利《き》き手を痛めてしまったとすると大問題だ。

「やべーかなこれ…」

グーパーしてみると、やはり握ったときに痛みがある。しかもだんだんひどくなるような気配があった。

「医者行こう」

「えっ、今から？」

明日の朝イチで整形だな、と考えていたが、鳴町は慌ただしくスマホで検索を始めた。

「夜間診療で外科ってある。こっからすぐだ。ひとまずここで診《み》てもらおう」

「いや、いいよ。そこまでじゃないって」

びっくりしたが、鳴町は本気だった。

「だめだ。俺の責任だから」

「ややや、それはないっしょ」

むしろ気乗りしない様子の鳴町にノリノリで拘束《こうそく》をねだったのは自分だ。

湿布《しっぷ》でもすれば一晩で治るだろ、と久瀬は甘く見ていたが、「診てもらったら俺が安心なんだ」と言われて連れていかれた夜間外来で、久瀬は「十日は動かさないこと」と言い渡されてしまった。

「ずいぶん変な捻《ひね》り方をしてますね。何をしてこんなになったんですか?」

まだ若い医師に澄んだ目で純粋に質問され、久瀬は返答に困った。

「靭帯《じんたい》が損傷《そんしょう》してますが、切れてはいないので、テーピング固定で安静にしていれば大丈夫です」

ほっとしたが、早めに通いやすい整形に行ってきちんとした固定具をつけてもらうように、と指示された。

「僕、美容師なんですが、仕事は…」

「しばらくは無理ですね」

若い医師はこともなげに言った。

「無理をしたら、それこそ廃業《はいぎょう》の可能性だってありえますよ」

「ええええっ」

ちょっと拘束プレイを楽しんだだけなのに、と久瀬は頭を抱《かか》えた。

「どうだった？」

手指《しゅし》関節靭帯損傷、という診断書を見せると、鳴町もそこまでとは思っていなかったらしく深刻に眉を寄せた。

「とにかく動かさないことって言われた。親指の下のとこがやばいって」

窓口で支払いをして、ドラッグストアに時間ぎりぎりで駆けこんで痛み止めや消炎剤《しょうえんざい》を処方してもらった。

「久瀬、しばらく俺のところに来ないか？」

ドラッグストアを出て、何か考え込んでいる様子だった鳴町が口を開いた。

「右手使えないんじゃ日常生活も不便だろ。どうせ仕事もしばらく休まなきゃならないんだし、それなら俺のところに来てゆっくりしてればいい」

「えっ、そりゃいくらなんでも悪いだろ」

今後のことを忙しく考えていた久瀬は、思いがけない提案をされて驚いた。

「世話してもらえるアテが他にあるのか？」

「いや、ないよ」

鳴町に不服そうに訊かれて、久瀬は首を振った。

「まあ実家帰るって手はあるけど、俺んちぐっちゃぐちゃだからなー…」

妹以外はもう全員独立したものの、上の姉が子どもを預けに来たり、兄カップルが夕食をたかりに来ていたりで、相変わらずキャパオーバーで落ち着かないことこの上ない。風呂もトイレも渋滞《じゅうたい》しがちで、考えただけでうんざりだった。

「俺のとこだと問題あるのか？」

「いや、それはないけど」

じろっと横目で見られて、慌てて首を振った。

「じゃあ決まりだ」

鳴町はさっさと結論を出した。

「とりあえず久瀬の家に要《い》るものを取りに行こう。仕事もざっくり目途《めど》つけとかないとだろ？」

言いながらスマホのアプリで配車《はいしゃ》をしている。

急展開に困惑したが、いつも通りの施術《せじゅつ》ができないことは明らかで、ひとまず仕事は休むしかない。久瀬は持ち前の割り切り精神で諦めた。幸い、水木は定休にしているので、明日明後日《あさって》はもとから予約も入れていない。週末客もリピーターばかりなので、事情を話せば理解してもらえるだろう。

そうとなれば早く治すためにもできるだけ手は使わないようにしたいし、それなら鳴町に協力してもらったほうがいい。

「じゃあ、しばらく厄介《やっかい》になろうかな」

「そうしろそうしろ」

そんな成り行きで、久瀬は鳴町のマンションにしばらく居候《いそうろう》することになった。


翌朝、久瀬は鳴町の寝室で目を覚ました。

見覚えのないブルーのカーテンが目に入ってきて、一瞬ここはどこだ？　と記憶が錯綜《さくそう》した。

右手のテーピングで思い出した。

「ああ、そっか…」

鳴町のマンションに来たのはいつぶりだろう。久瀬の自宅とは微妙に交通アクセスがよくなくて、引っ越ししてすぐ「どんな感じ？」と見にきたあとは、ほんの数回、なにかのついでに寄ったことがある程度だ。

目先のおしゃれさ優先の久瀬と違って、鳴町の部屋は生活する上で快適な広さを確保した質《しつ》実剛健《じつごうけん》の1LDKだ。

「久瀬、起きたか？」

「うん、おはよー」

もそもベッドから出ると、ドアが開いて鳴町が顔を出した。ワイシャツにスラックスで、髪もきれいに整えている。

「俺、そろそろ行くから、着替えだけしとくか？」

「うん、そうする」

昨日も着替えを手伝ってもらい、あれこれ準備をしてもらい、何から何まで世話になった。一緒だとゆっくり寝られないだろうから、と久瀬に寝室を譲《ゆず》って、鳴町はリビングスペースのソファで寝ていた。

「ありがと」

可能な限り右手は使わないようにして、お母さんに頼る幼児のようにデニムと厚手のスウェットに着替える。

悪いな、とは思ったが、うちに来いよという誘いを受けた以上、無駄に遠慮してもしゃーないし、と久瀬は図々しくいくことに決めていた。

「俺もう行くけど、ちょいちょいスマホ見るから、なんかあったら連絡してくれ。朝飯はそこに用意してるの、好きなの食って。昨日調べた病院、できるだけ早く行けよ？」

「うん、わかってる」

鳴町がスーツの上着に袖《そで》を通しながら玄関に向かったので、久瀬も見送りについていった。

「いってらー」

鳴町が革靴を履《は》き、振り返った。

「お」

出社前のスーツの鳴町に、思わず小さく口笛を吹いた。

「なんだ？」

「かっこいい」

「は？」

「鳴町、こんな格好《かっこ》よかったっけ？」

仕事帰りに待ち合わせをするのは珍しくもないので、鳴町のスーツなど見慣れたものだ。それなのに、なんだか違って見えた。

ぴしっとアイロンのかかったシャツの襟《えり》が清潔で、最近は道行く会社員もノータイ姿ばかりなので、シンプルな柄のネクタイをきっちり締めているのも新鮮だ。

「なに言ってんだ」

からかっているのだと思ったらしく、鳴町が嫌な顔をした。

「じゃあな」

置いていたビジネスバッグを手に取り、腕時計で時間を確認する仕草まで「なんか絵になる」と思ってしまう。端的《たんてき》にいって、ときめいた。

鳴町に？　俺が？　ときめいた？

「き、気を付けて」

不意打ちの情動《じょうどう》に動揺して、声がへんに裏返ったが、鳴町はなにも気づかなかった。

「気を付けるのは久瀬のほうだろ」

初々《ういうい》しい恋人同士ならキスとハグくらいするのだろうが、そんなことをするには薹《とう》がたちすぎている。第一、鳴町がどう思っているかはともかく、久瀬にとっては「セックスもする友達」という位置づけで、性的な意味合いのないスキンシップはもともと習慣になかった。

「本当に安静にしとけよ？」

鳴町は最後までそんな注意をして出て行った。スーツの背中が男らしく引き締まっていて、まだどきんとする。

玄関ドアが閉まり、一人きりになって、久瀬はぶるっと頭を振った。なんだ、今の。

鳴町は、ただ出社するのにきちんと身だしなみを整えていただけだ。

しかし、今まで考えたこともなかったが、普通の会社員の普通のスーツというのは、なんというか…堅実な日常の積み重ね、という感じがすごくいい。

うまく言葉にできないまま、久瀬は気を取り直してひとまずキッチンに戻った。テーブルには久瀬が片手で食べられるように一口サイズのサンドイッチを作って置いてくれている。

お湯を注《そそ》ぐだけになっているカップスープと一緒に食べながらスマホをチェックすると、予想通り仕事関係のメッセージが山盛りになっていた。幸い予約客はみな快《こころよ》く返金か振替に応じてくれている。大丈夫だろうと楽観してはいたが、やはりほっとした。

シェアサロンで仲良くしている同業女子が心配してくれているのにも返信をして、公式SNSや動画配信サイトにも案内を出した。他にも細かい事務手続きをこなしているとあっというまに数時間経《た》っていて、とにかく左手しか使えないので何をしても時間がかかってしょうがない。

「はー、やれやれ」

最低限の目途が立って、久瀬はリビングのソファに転がった。昨夜鳴町が使っていた枕と毛布がきちんと畳《たた》んで端に置いてある。時計を見るとまだ十二時前だが、いきなり手持ち無沙汰《ぶさた》になってしまった。他人の家にこんなふうに一人でいるのは、それがたとえ長年馴染んだセフレの家であってもなんとなく落ち着かない。

そうだ病院行かなきゃ、と思い出して起き上がったが、確認すると昨日のうちに目星をつけていた病院は午前の受付がもう終了していた。午後は夕方からだ。

「あー、しまったな…」

今度こそ行きそびれないように、とリマインダーをセットしようとして、何度か鳴町から着信があったのに気がついた。心配してくれてたんだな、と「何時くらいに帰ってくる？」とトークアプリにメッセージを入れた。

〈もうすぐ着く〉

待ち構えていたように返信がきて、は？　とびっくりしていると、本当にものの数分で玄関から鍵の開く音がした。

「鳴町？」

驚いて玄関に出ると、ビジネスバッグを提げた鳴町が、焦《あせ》ったように入ってきた。

「どした？」

なにかあったのかとびっくりしたが、鳴町は久瀬の顔を見てほっとしたように肩の力を抜いた。

「よかった、ちゃんといた」

「は？」

「何回か電話したのにぜんぜん反応しないから、勝手に帰ったかもしれないと思って心配になった」

「はあ？」

「おまえ、窮屈《きゅうくつ》なの嫌いだろ。他人の家で気を使うくらいだったら不便でも一人のほうがいいとかって言い出しかねない」

さすがわかってるな、という発言だ。

久瀬はやたらと人口密度の高い家で育ち、とにかく一人になれる空間と自由を渇望《かつぼう》していた。高校を出てやっと一人暮らしができるようになると、あまりの快適さに「もう俺は一生一人暮らし！」と快哉《かいさい》を叫んだ。仲間とキャンプをしたりツーリング旅行を楽しんだりはするが、それもあまり長期間は避ける。

「俺は自由を愛してるからなあ」

「こんなときくらいは我慢しろよ。せいぜい十日だろうし、俺は日中会社なんだし」

「いやいやいや、ちゃんと俺いただろ？　なんなの、その決めつけと説教。仕事の電話ずっとしてて、おまえの着信気づいてなかっただけだってば」

「病院は？」

久瀬の文句はスルーして、鳴町は久瀬のテーピングした手に目をやった。

「まだ行ってない。ていうか、先にいろいろ連絡してたら行きそびれた。もう午前の受付終わってるから夕方行くよ」

鳴町は久瀬が食べっぱなしにしていたキッチンに入って「お、ちゃんと食べたな」と満足げに言った。

「腹減ってるか？」

「いや、さっきそれ食べたとこだし」

「じゃあ、ちょっと待ってろ」

どうやら午後からの外出に合わせて戻ってきたらしい。鳴町は上着とビジネスバッグを置いて慌ただしくコンビニに行って、昼を調達《ちょうたつ》してきてくれた。

「これなら左手だけで食えるだろ」

カレーと具だくさんのスープの包装を取ってすぐレンジにかけられるようにしてから、自分も急いで弁当を食べ「病院忘れるなよ」と言い残してまたばたばた玄関に向かった。

鳴町が久瀬にいろいろしたがるのは今に始まったことではない。久瀬自身、なにかあると真っ先にアテにするのは鳴町だ。

「病院の金あるか?」

「大丈夫だって」

「なんかあったら連絡してこいよ」

「もーわかったって」

反抗期の息子と過保護な親のような会話をして、鳴町は飛び出して行った。いつも忙しそうだなとは思っていたが、仕事帰りのくたびれた姿しか知らなかったので、鳴町のその潑剌《はつらつ》とした後ろ姿は意外だった。

そういやあいつ、どんな仕事してるんだろう。

久瀬は初めてそんなことを考えた。勤労意欲の低い久瀬と違って、鳴町はいつも猛烈に働いている。それでいて仕事の愚痴《ぐち》をこぼしているのを聞いたことがなかった。

そもそも鳴町は自分のことはあまり話さない。久瀬が一方的に好きなことをしゃべるのをふーんと聞いていて、それで満足のようだった。

好きな相手のことを知りたい、と思うのは自然な感情だ。でも久瀬にはそういう欲求はあまりなかった。それは鳴町に限らずそうで、つまり自分勝手な性格なのだと思う。よくこんな俺に長年べた惚《ぼ》れでいられるもんだよな、と改めて感心してしまった。

鳴町が「なにもするな」と念を押したのに甘えて、そのあと病院に行くまでの間、久瀬はせいぜい怠惰《たいだ》に過ごした。だらだら動画を見て、鳴町が置いて行ったコンビニ飯を食べ、ソファでうたたねをして、そのあと病院に行った。

最初に診《み》てくれた夜間診療の医師と同じ診断で、テーピングを少し変えられたが、固定具までは必要ないから一週間後に診せにきて、と言われて終了した。

最初のころの手首にまで響く痛みは薄らいでいたし、時間薬で確実に快方に向かうとわかれば心配はない。

「つまり、一週間まるまる休みってことだ！」

まとまった休みがとれるならぱっと遊びに行くところだが、今回は大人しくしていなくてはならない。それなら徹頭徹尾《てっとうてつび》ぐうたらを満喫《まんきつ》しよう！　と久瀬は医師から「少しくらいなら」という言質《げんち》を取ったのをいいことに、ビールとスナック菓子を買い込んで帰った。

鳴町はインテリアには興味がなく、ひたすら使いやすさ優先で家具家電を配置して、合理的に暮らしている。おしゃれさを求めて不便を我慢しているうちにゴミ溜めにして本末転倒になっている久瀬の自宅とは快適さが段違いだ。

帰るなりテレビをつけて、久瀬はソファに転がった。左手だけであれこれするのにだんだん慣れて、腕で缶ビールを抱《かか》え、うまくプルトップを開けた。

夕方のニュースを眺めながらスナック菓子をつまんでいると、鳴町から「病院行ったか」と確認が飛んできた。うるせえなあと思いつつ「行った」とぞんざいに返した。鳴町はそのあとも「できるだけ早く帰る」と何回も同じようなメッセージを送ってきて、本当に七時前に帰って来た。

「おかえり」

一応置いてもらっている身なので出迎えに行こうとしたが、その前に鳴町がリビングに入って来た。

「あっ、おまえビールなんか飲んで」

「医者がちょっとくらいはいいって言ったんだ。もう薬も飲んでないし、とにかく安静にしとけって」

ひたすらソファでぐうたらしていて、リビングもキッチンも食べっぱなしのままだ。鳴町は嫌な顔もせず、寝室に行ってすぐ着替えて出てきた。鳴町はトレーニングウェアを部屋着にしている。時間があればそのままランニングに行き、もっと時間があればジムに寄る、という合理的な時間の使い方をしているらしい。

「中華テイクアウトしてきたけど」

「ぜんぜん腹減ってない」

「だろうな」

食べ散らかしたスナック菓子の空き袋を見やって、鳴町は「先に風呂だな」と言いながら浴室のほうに消えた。

昨日はまだ「ちょっと右手が痛いな」くらいだったので普通にホテルの風呂に入った。今日はだいぶ慣れたので、左手だけでもどうにかなりそうだが、鳴町はあきらかに世話をする気満々だ。ついでにエロいことを仕掛けてくるに違いない。右手を使えないのをいいことに、あんなこととかこんなこととか…、と想像して、それってつまり右手を拘束されてるのと同じじゃないか？　と思いついて急に盛り上がった。ついでに今朝見た鳴町のぱりっとしたスーツ姿を思い浮かべ、ごくりと唾《つば》を飲み込んだ。

「久瀬、来いよ」

「えー、もう？」

一応不本意そうな声を出しつつ、久瀬はいそいそ浴室に入った。

「素人《しろうと》で悪いけど、髪洗ってやる」

鳴町はトレーニングウェアの袖と足首をまくって待機していた。まるきり介護《かいご》要員だ。

そして本当にただ洗髪《せんぱつ》だけをした。

お互いの裸など見慣れたもののはずなのに、鳴町はなんの遠慮なのか「パンツは濡れても、どうせ洗うしな」と言い訳がましく言って下着は脱がさないまま、浴槽《よくそう》のふちにタオルを敷き、そこに首を乗せる方式で洗髪をしてくれた。

「じゃ、なんかあったら声かけて」

鳴町は自動お湯張りのボタンを押すと、わざわざ買ってきたらしいボディブラシやソープボトルを並べて出て行った。

「あ、どうも…」

いつ何をしてくるかとどきどきしていたのに、思い切り期待外れだ。ぽかんとしていると、ぽぽぽ、と軽快な音がして浴槽にお湯が流れ始めた。久瀬は慌てて下着を脱いだ。

「ま、怪我してんだしな」

テーピングが濡れないように右手はビニールでぐるぐる巻きにしているので、片手でひたひたと溜まってくる湯をすくう。なんだか、いろいろ調子の狂うことばかりだ。

そして一番調子が狂うのは、鳴町がやたら格好よく見えることだった。

鳴町が頼りになる男だということは、別に今わかったことでもない。高校時代から鳴町は久瀬にベタぼれで、ちょっとなにかを頼むと、口では文句を言いつつ助けてくれる。

今回も同じといえば同じだ。

それなのに、やけに頼りがいがあると感じるのは、やはり怪我をした影響だろうか。

風呂が終わり、鳴町が買ってきてくれた中華のテイクアウトを左手でも扱いやすいフォークとスプーンで食べた。三段重ねのボックスはそれぞれ揚《あ》げ物、炒《いた》め物、蒸《む》し物に分かれていて、彩《いろど》りも綺麗だ。品書きを眺めて「へーこれ鶉《うずら》か」「カシューナッツ旨《うま》い」などと言い合いながら舌鼓《したつづみ》を打っていると、鳴町のスマホが着信した。

「悪い」

鳴町がスマホをつかんで寝室の方に行く。今日はずいぶん早く帰って来たし、久瀬のために昼も戻ったのでいろいろ滞《とどこお》っているのだろう、と申し訳ない気持ちで耳を澄ませると、思いがけず流暢《りゅうちょう》な英語が聞こえてきて驚いた。何を話しているのかはまったく理解できないが、なにか指示を出しているらしい、というのはわかる。

しばらくして鳴町が戻って来た。

「おまえいつの間にあんな英語しゃべれるようになってんの？　つか今の仕事の電話だよな？　海外の仕事してんの？　いつから？」

「は？」

矢継《やつ》ぎ早《ばや》に質問されて、鳴町が怪訝《けげん》そうな顔になった。

「しゃべれるってほどじゃない。久瀬だって海外の客とは英語で会話してただろ」

なんのことだと今度は久瀬のほうが一瞬戸惑った。

「シンガポールとか香港《ホンコン》とかの客と、英語で話してたじゃないか」

「ああ、あれか」

鳴町は久瀬の公式SNSを熱心に見ている。インバウンド客の間で日本滞在中にヘアサロンを利用するのが流行していると聞いて、一時期そうした客に値引きをして、動画を撮影させてもらっていた。

「あんなの決まったフレーズ丸暗記で、あとは知ってそうな映画俳優の名前並べてクール！　キュート！　HAHAHAってやってるだけじゃん」

「俺だって同じようなもんだ。仕事で使う英語なんか決まってる」

それはぜんぜん違うだろと思ったが、鳴町が久瀬の口元のソースを「ついてるぞ」と拭《ぬぐ》ってくれたので口をつぐんだ。

「ありがと」

なぜか恥ずかしくなって目を逸《そ》らしてしまった。

そのあと鳴町は久瀬が一日散らかしたあれこれを文句も言わずに片づけて、風呂に入りに行った。

出てきたらえっちするかな？　と久瀬はひそかに期待した。ソファでやるかベッドでやるか。が、またしても空振《からぶ》りに終わった。

「おまえがここにいる間は寝室は久瀬の部屋ってことにするから、好きなように寛《くつろ》いでくれ」

スーツや着替えをリビングに移動させて、鳴町は久瀬を寝室に追いやった。

「パソコン、好きに使っていいからな」

映画でも動画でも好きに見てくれ、とわざわざパスワードを書いた付箋《ふせん》まで貼ってくれた。

「どうも」

鳴町は会社から持ち帰ったノートパソコンをリビングで広げ、そうなると久瀬は寝室に引っ込むしかない。

「鳴町」

「うん？」

仕事終わったらえっちしない？　と誘いたかったが、鳴町の手元の書類の束《たば》を目にして断念した。

「ごめんな、俺のせいで」

さすがにこれ以上仕事の邪魔をするわけにはいかない。

「なにしおらしいこと言ってんだ、気持ち悪いな」

鳴町が苦笑した。

「気持ち悪いはないだろ」

「俺が好きでやってんだ。久瀬が気にすることはない」

「ま、それはそうだな」

いつもの調子に戻ると、鳴町が笑った。

「ほんじゃな」

それでも鳴町のことだから夜中に勝手にさかってくるんじゃないかと思っていた。高校時代から鳴町は常に自分に欲情している。

が、その日もその翌日も、鳴町は「いいか?」とそっと忍び込んでくるようなことはなく、週末になった。

「えっちしねーの?」

金曜の夜、またしても風呂のあと髪を乾かすまで手伝ってくれ、寝室に送り込まれそうになって、久瀬は直球で訊いた。

「しねえよ」

「なんで?」

「怪我人に、無理させられないだろ」

鳴町は当たり前のように答えた。

無理ってことはねーよ、と言いたかったがその前に鳴町のスマホが鳴って、しかたなく諦めた。久瀬のために仕事の調整をしているせいだろうが、鳴町は家でもしょっちゅう電話している。

寝室のベッドに転がって、久瀬はあーあ、とため息をついた。

リビングから鳴町のきびきびした声が聞こえる。今まで鳴町の仕事ぶりなど気にかけたこともなかったが、いつの間にか鳴町はずいぶん出世しているようだった。やたらと指示を出しているなと思ったら部下を数人持つ立場になっていて、しかもかなり有能らしいのは、その話しぶりからでも推察《すいさつ》できる。

朝、出勤していく鳴町のスーツ姿もやはり格好いい。

鳴町とは長いつき合いだが、考えてみると二人で遠出をしたり旅行に行ったりしたことはなかった。会えばホテルに行くくせに、めったに宿泊することもない。ひとえに久瀬のほうが「忙しかった」からだ。平たく言えば他のつき合いで忙しかった。

周囲には魅力的な女子が溢《あふ》れていたし、彼女たちも久瀬に好意的だった。遊び上手な可愛い女子や、エッチ自慢の美女に目移りし、誘い誘われで身体が空かない。他の交友関係も浅く広くだったから、そのぶん鳴町との時間が削《けず》られていた。

テレビの録画やパソコンの中身から、今さら鳴町の趣味や興味の一端《いったん》を垣間見《かいまみ》て、久瀬はへえ、と新鮮なものを感じていた。

鳴町が格闘技が好きなことも、オンラインのビジネス英会話を受講していることも、穏やかなゲイカップルに憧《あこが》れていることも、まったく知らなかった。動画配信にカップル動画というジャンルがあることは知っていたが、久瀬はぜんぜん興味がなかった。鳴町は学生時代からつき合っているらしい若いゲイカップルの配信を熱心に応援しているようだ。

「ていうか、こいつらあのときのゲイカップルじゃん！」

高校のとき、初めて鳴町に見せられたラブ&セーフだ、と気づいたときは軽く衝撃を受けた。

あの頃は年上のこなれた二人、という印象だったが、年齢的には三つほど上で、今となっては同世代だ。

「ずっとつき合ってんのか、すげーなあ」

飽《あ》き性《しょう》の久瀬には驚きだが、その二人を見守り続けているらしい鳴町にも同じくらい感心してしまう。

そして鳴町はいつの間にかしっかりとした大人になっていた。

「鳴町、友達が見舞いに来たいって言ってるんだけど、いいかな」

土曜の朝、久瀬はシェアサロンの同業女子からのメッセージを受け取って、鳴町に尋ねた。

「友達？」

鳴町はキッチンで朝食の準備をしているところだった。

「シェアサロンで仲良くしてる子。あ、えっちする仲じゃないよ！　向こう二人組だし」

今回、急な休業でブースを空けてしまい、二人には多少なりとも迷惑をかけた。そのお礼も言いたい。

「薬剤《やくざい》の管理頼んじゃったし、ブースの掃除とかもしてくれてるみたいなんだよね」

二人のブースは十一時からのオープンで、その前に寄りたいという要望だった。

鳴町が快諾《かいだく》してくれ、少ししてチャイムが鳴った。

「久瀬くーん、大丈夫？」

「大変だったね」

玄関を開けるといきなり華やかな声がした。

二人とも美容業界に身を置くからには、といった派手なファッションで、鳴町の周囲にはまずいないタイプだ。

「どうぞ、入ってください」

あからさまに嫌な顔はしないだろうが、腰が引けるだろうと思っていたのに、意外にも鳴町は感じのいい笑顔を浮かべて二人を出迎えた。

「すみません、普段来客がないのでスリッパの用意がなくて」

「そんな、こちらこそ急に来ちゃって」

「これ、お見舞いです」

常識的で落ち着いた鳴町の態度に、二人のほうが急にそわそわしだした。明らかに「いい男だ」と意識している。

「いつも久瀬がお世話になっているそうで、ありがとうございます」

キッチンテーブルに座った二人に、鳴町が湯を沸《わ》かしながら旦那かよ、とツッコミを入れたくなるような挨拶《あいさつ》をした。

「いえそんな」

「あの、鳴町さんは久瀬君の高校のときのお友達って聞いたんですけど」

「ええ、僕は普通の会社勤めで、この通りの地味な男ですが」

「えーそんなことないです！」

「ねえ、めっちゃかっこいい」

「素敵ですよぉ」

隠す理由もないので、久瀬は自分には鳴町というセフレがいるから、と周囲のゲイやバイセクシャルたちの誘いをかわしていた。当然二人も鳴町がゲイだということは承知している。その上での「いい男」認定だ。

「久瀬にはいつも外見どうにかしろって言われてますよ」

ハンドドリップでコーヒーを淹《い》れながら、鳴町はにこやかに受け答えしている。

「どしたの久瀬君。なんか静かじゃない？」

「えっ、そんなことないよ！」

急に話を振られて、久瀬は慌てて笑顔を浮かべた。第三者が入ることで鳴町のことを「こなれた振る舞いのできる社会人だ」と認識し、いつの間に？　と驚いていた。

昔の鳴町は、ちょっと華やかな女子が混じると、とたんにぎこちない受け答えしかできなくなっていた。

「で、手はどうしてそうなっちゃったの？」

「転んだかなんか？」

「あ、えっとね」

「ぶつけたんだよな」

ＳＭごっこしてたら痛めちゃって、とはさすがに言えない。口ごもった久瀬に、鳴町がコーヒーを出しながらさりげなくフォローした。

「ベッドで、手を伸ばして、頭のところで」

「あー、寝起きでスマホ取ろうとして、あたしもよくぶつける。気をつけよ～」

鳴町の嘘ではない説明に女子が乗っかり、そのあと不注意自慢でわいわい盛り上がった。鳴町は一貫《いっかん》して穏やかな佇《たたず》まいで、でしゃばるでもなく、固くなるでもなく、ごく自然に会話に参加していて、久瀬は内心うなってしまった。わあわあしゃべって盛り上げる自分は、なんだか年齢にしては子どもっぽい。

イケメンなのにお高くとまらない、トーク上手で面白い美容師さん、というのが久瀬の売りだ。

でも私生活まで同じというのはいかがなものか。もうすぐ三十なのに。

「わー、もうこんな時間だ！」

「あたし、今日朝イチで予約入ってるからもう行かなくちゃ」

鳴町がコーヒーのお代わりを勧めると、女子がそれぞれ時計を確かめて帰り支度を始めた。

「洗面所、使われますか？」

鳴町がここでも気を利《き》かせる。

「向こうです」

「すみません、じゃちょっとお借りします」

「ペーパータオル置いてるので、よかったら使ってくださいね」

なにからなにまでスマートな振る舞いに、久瀬はすっかり舌を巻いた。というか、鳴町いったいいつの間にそんなに世慣れてたの？　という驚きが大きい。

「久瀬君にこんな素敵なお友達がいたなんて、びっくり」

「よかったら、今度は飲みにいきませんか？」

「ええ、ぜひ」

「絶対ですよ！」

社交辞令などではなく、本当に二人とも鳴町に気を引かれているのがわかる。久瀬はもやもやした。

女子にそつなく振る舞う鳴町に腹が立つ。おまえはそういうんじゃなかっただろ、と苛々《いらいら》する。

「おまえ、もしかしてバイなの？」

「は？」

二人を玄関で見送り、キッチンに戻ると、久瀬はさっそく文句をつけた。何のことだ？　と訝《いぶか》しげな目を向けてくる鳴町にさらにむかついた。

「なんかいい感じに会話しちゃってさ」

「ふつうだろ」

「ふーん、普通なんだ」

「なに怒ってんだ？」

「別に、怒ってない」

久瀬はつんと顎《あご》を反《そ》らせた。

「いつも久瀬がお世話になってます、ってあの挨拶も、旦那かよって感じでさ」

「いいだろ、別に」

鳴町がむっとする。久瀬はコーヒーカップを片づけている鳴町のうしろから軽く身体をぶつけてじゃまをした。

「おい」

「なんかむかつく」

「意味わかんねえよ」

「ふーん、ふーん」

いちゃもんをつけながら、久瀬は自分が鳴町に甘えているのだとうっすら自覚していた。甘えて、キスしてくれないかな、と思っている。

「また手をぶつけるぞ」

自覚して恥ずかしくなった。それなのに鳴町はうるさそうに久瀬を遮《さえぎ》り、さっさとカップを洗って片づけた。

「俺、ちょっと出てくるけど、おまえ昼メシどうする？」

鳴町のスマホが着信し、またしばらく英語でやりとりした挙句にせかせかとスーツに着替えだした。

「昼メシはコンビニでも行くけど、鳴町、仕事？」

今日こそはベッドに誘おうと思っていたのに。

「呼び出しかかった。ついでに雑用も片づけてくるから、久瀬は好きにしてて。夕方には帰るから」

たぶん、久瀬が一人を満喫できるようにという配慮もあるのだろう。そんな配慮よりエッチしようよ、と言いたい。せめてキスがしたい。

「じゃあな」

キスもハグも、セックスするとき以外にはしていなかったので、今さら求めるのは気恥ずかしかった。

鳴町は慌ただしく用意をすると、あっさり出て行ってしまった。

玄関ドアが閉まって、久瀬は「取り残された」と感じた。そう感じた自分に、びっくりした。

おかしい。そんなわけない。なんで俺が鳴町に置いて行かれなきゃならない。あいつは俺にべた惚れで、いつも会いたがるのは鳴町のほうで、俺に近寄る女にいちいち敵意を向けて嫉妬して……いたはずだ。

シェアサロンの女子たちと談笑していた鳴町を思い出すと、嫌な感じに胸がざわつく。むかついて、久瀬は寝室に入ってふて寝した。右手が使えないのは本当に不便だ。

「くそ」

もぞもぞと左手を前に突っ込む。

「――」

なんで手を出してこないんだ、あいつ。

怪我人にそんなことできないだろ、と紳士ぶった理由をつけているが、本当だろうか。

本当は…ずっと顔を見ていて価値が下がったとかじゃないだろうか。

こんなに長い時間一緒にいたのは、考えてみると初めてで、自分が「あれ?」と思っているのと同じように、鳴町のほうでもなにか感じるものがあったかもしれない。

「――ん…う…」

目を閉じると、鳴町の裸が浮かぶ。手首を拘束《こうそく》したときのプレイを思い出すとあっという間に昂《たかぶ》った。すごくよかった。興奮した。

「は、あ……っ、ん……」

左手でするのに慣れていなくて、それが他人に触れられている錯覚につながった。

コンドームを自分でつけていた鳴町の姿。長い指で、腰を突きだすようにして、薄いゴムをかぶせていって――あのときの、今からこれで犯すから見てろよ、というような目つき。ぞくぞくした。

「鳴町――」

足を開かされて、腰を持ち上げられて、ぐっと中に入って来た。

思い出して、中が疼《うず》いた。

でもできない。

「はあ、は……っ、はあ、……鳴町…あ…っ…」

もどかしい。物足りない。必死で左手を動かして快感を追った。

「鳴町」

懇願《こんがん》するような自分の声が恥ずかしくて、でも止まらない。

「鳴町、鳴町――」

徐々に上り詰め、久瀬は身体を折り曲げた。単純な快感が手の中で弾《はじ》ける。

「――は、……っ」

一瞬息を詰め、それから脱力した。

下半身の熱が醒《さ》めていくと、呼吸もすぐに楽になる。ごろっと仰向《あおむ》けになって、久瀬は気怠《けだる》くそばのティッシュボックスに手を伸ばした。

自分で処理したことに妙な敗北感を覚え、それが漠然とした不安につながった。

その日の夜、鳴町はなかなか帰ってこなかった。イレギュラーな仕事が重なったとかで日曜も出かけた。

手の痛みは引いていたし、左手だけであれこれするのにも慣れたので、いなくて困るということもないが、避けられているような気がして憂鬱《ゆううつ》だった。

週が明けると、鳴町は朝起きるともう出社していて、帰ってくるのは深夜になった。忙しいときは本当に忙しい、というのは知っていたが、直接様子を見ていなかったので、今までは完全に他人事《ひとごと》だった。

「ベッドは鳴町が使えよ」

火曜も帰宅は十二時を回っていた。久瀬にとっては宵《よい》の口だが、それはだらだら動画を見たりゲームをしたりしているからであって、連日仕事でこの時間というのは明らかに激務だ。

「ただでもそんな忙しいのに、ソファじゃ疲れがとれないだろ」

昨日も寝室を譲ろうとしたのに、気が付くと鳴町はもうリビングで眠っていた。

「いいよ、もうソファ慣れたし」

シャワーを浴びて冷蔵庫からビールを出している鳴町は、体力があるのか特別疲れたようでもない。

頭をタオルで拭《ふ》いている手の大きさに、久瀬はふと目を引かれた。肩の筋肉、湯上がりの湿った肌、濡れた髪、…もうずいぶん鳴町に触れられていない。

「俺、明日病院だから、そのまま家に帰る」

自分がいると鳴町に負担だ。テーピングしてはいるが、痛みは完全になくなっているから、医者にお墨《すみ》付《つ》きをもらって仕事も再開するつもりだった。

「大丈夫か？」

鳴町が心配そうに久瀬の手に目をやった。

「うん。もう動かしてもなんともないし」

軽く手首を振って見せながら、引き留めようとはしないんだな、とちらっと卑屈《ひくつ》なことを考えた。

「荷物は？　運べるか？」

「着替えくらいしかないいし、スーツケースに入れて来たしな」

そっか、と鳴町はちょっと考えてからテレビボードの上に置いてあったキーを差し出した。

「じゃあこれ、忘れないうちに」

ここに来てすぐ、仕事で使っているタブレット端末《たんまつ》や細々《こまごま》したものを忘れてきたのに気づいて、鳴町に取りに行ってもらった。そのときに渡した鍵だ。

「俺も、ここの鍵返さなきゃだな」

「ああ、そうだな。ポスト入れといてくれ」

鳴町は当たり前に答えたが、久瀬は持っていていい、むしろ持っててくれと言われるのを予想していた。

「すげーあっさりしてんのな、鳴町」

つい不満が口をついた。

「ん？」

「もうちょっといろよとか、言わねーの？」

鳴町が苦笑した。そんな表情も大人っぽくてどきんとする。

「久瀬は自由人だから、しょうがない」

「諦めんなよ」

「そしたらしつこくすんなって言うくせに」

「ま、それはそう」

笑っていつもの会話に流れながら、久瀬はどこか釈然《しゃくぜん》としないものを感じていた。

翌日も、起きるともう鳴町は出社していた。朝食を作ってくれていたが、書き置きのようなものはない。

病院の時間までもそもそ片づけをし、出かける前に鳴町に「お世話になりました」とメッセージを送った。なにかもっと気の利いた言葉がありそうなもんだ、と自分で自分に突っ込んだが、思いつかない。

お世話になりました——まるでこれきり別れてしまうようだ。

「ん」

スマホをしまおうとしたらぶるっと着信して、慌てて見ると「疋嶋《ひきしま》」と表示されていた。専門学校時代の先輩だ。鳴町じゃなかったという落胆で、ほんの少しの間、スマホをぼやっと眺めていた。

「もしもし」

『おう久瀬、今いいかぁ？』

気を取り直して通話をタップすると、疋嶋の陽気な声がした。

『ちょっと面白い仕事あんだけど、今日おまえ、時間ない？　飲みながら話そうぜ』

沈みがちだった気分をぐいっと引き上げられて、久瀬は縋《すが》りつくように「いいっすね」と快《かい》諾《だく》した。

5

疋嶋《ひきしま》に指定された店は、半地下のダイニングバーで、まだ日が高い時間にもかかわらず、店内はしっとりとした夜の空気に満たされていた。

奥は水煙草《みずたばこ》の楽しめるスペースで、低いスタンダードジャズに混じってざわめきが響いてくる。疋嶋はカウンターに座っていた。

「なに、おまえ旅行でも行くの？」

声をかけると、疋嶋がびっくりしたように久瀬《くぜ》のスーツケースに目をやった。

「友達のところにしばらく泊まってたんですよ」

カウンターに並んで座り、久瀬はざっくり鳴町《なりまち》のところに居候《いそうろう》していた経緯《けいい》を話した。整形に行って仕事復帰のお墨付《すみつ》きももらい、本当はもっと晴れ晴れとした気持ちになっていてもおかしくないのに、久瀬はなんとなく浮かないままだった。

「友達って、彼氏だろ？　この前も一緒だった」

「そうです。鳴町」

ドライフルーツとナッツを交互につまみ、久瀬はがぶりとウイスキーソーダを飲んだ。

「で、面白い仕事の話って、なんですか？」

「ああ、うん」

疋嶋の話は、新しくフリー美容師だけの配信チャンネルを作るので加わらないかという打診だった。テレビ局の下請《したう》けをしていた制作会社のスタッフが独立したとかで、そこの企画らしい。

「ノーギャラなんだけど、制作はプロだからクオリティ高いし、俺たちは集客《しゅうきゃく》できればお釣りがくるからさ」

「面白そう」

やるやる、と食いつくと、疋嶋が「久瀬ならそう言うと思った」と笑った。

金銭的な損得《そんとく》より、面白いかどうかで仕事を決めがちな傾向《けいこう》はある。

そういうところもいつまでも子どもっぽい理由のひとつなのかも、と久瀬はふと自分を振り返った。

「久瀬、今日は珍しくテンション低いな?」

疋嶋がさっそく企画を持ち込んだスタッフに返信をうちながら、ちらっと久瀬に視線をよこした。

「え、そうですかね?」

「もしや彼氏と喧嘩したか?」

「してないですよ」

やけにいきいきと訊かれて反射的に否定したが、久瀬はついため息をついた。

「喧嘩はしてないですけど、そういうんじゃなくて、なんかこう…、いつの間に鳴町あんなにオトナって感じになってたんだって、びっくりしちゃって」

うまく説明できそうになかったが、疋嶋は誘導がうまく、久瀬はぽつぽつこの一週間ほどの違和感を口にした。

「昔は女子がいたらおたついて、俺のこと好きだ好きだってがっついてて…あんなソツのない大人な感じじゃなかったのに」

いや鳴町が大人というより、俺がガキっぽいのか？　と久瀬はまた己《おのれ》を振り返った。

そうかもしれない。いや、絶対にそう。

高校を卒業してからもずっとふらふら楽しそうなことばかりを追いかけて、何ひとつ積み上げてきたといえるようなものはない。つまり、子どものままだ。

「まあまあ、俺は久瀬のそういうところがすげー好きだよ。素直でさあ」

考えに沈みかけていると、疋嶋が明るく会話に引き戻した。

「素直って、つまり馬鹿ってことでしょ？」

「おいおい、酔ってんのか？」

疋嶋が苦笑した。

「こんくらいで酔うわけねーでしょ」

「ふーん？」

意味ありげな笑いを浮かべ、疋嶋はカウンターの下で久瀬の太腿《ふともも》に膝《ひざ》を触れさせた。

「──久瀬」

磨《みが》かれたカウンターに肘《ひじ》をついて、顔を近寄せてくる。

「え……」

「そろそろもういいんじゃないの？　彼氏に操立《みさおだ》てしなくても」

「み、みさお…って」

いきなりの古風な言い回しに半笑いで返したが、疋嶋はウイスキーグラスを持っていた久瀬の手の甲を、指先でなぞった。

「えっと…」

疋嶋には、以前はしょっちゅう口説《くど》かれた。

専門学校時代には、実は何度かふらふらホテルについていったこともあった。「鳴町以外の男ともやってみたい」という欲求に抗《あらが》えなかったし、遊び人で鳴らしている疋嶋のテクニックにも興味があった。

が、久瀬は結局、毎回土壇場《どたんば》で逃げてしまった。

疋嶋とキスしようとすると鳴町の顔が浮かび、疋嶋に抱きしめられると「男は俺だけだって約束してくれ」が耳に蘇《よみがえ》る。

結果「なんか急に腹が痛くなりました！　すみません！」とムードをぶち壊して逃走した。三回目にまた「急に腹が」と逃走を試《こころ》みて「いい加減にしろよな」とキレられ、そのときに鳴町との約束を白状した。

疋嶋は「黙ってればバレないじゃん」と久瀬を懐柔《かいじゅう》しようとした。

そのとおりだ。

黙っていればバレるわけがない。

でも、できなかった。

疋嶋のテクニックに興味はあったが、やってしまったら自分が鳴町に顔向けできない気がした。おまえ案外真面目クンだったのな？　と白《しら》けた顔で言われたが、疋嶋とはその後、清く正しい先輩後輩の間柄に落ち着いた。

「疋嶋さん、ちょっと…」

二人きりになっても、もう口説いてくることはなくなっていたから油断していた。久瀬はもごもごと口の中で言い訳をしながらカウンターの下で膝を引き、手の甲に触れた指から逃げた。

疋嶋がいきなり噴き出した。

「久瀬、なんかすげえ純情クンでぐっときちゃうんだけど」

「は？」

「そんなビビんなくても冗談だって」

疋嶋が面白そうに久瀬の顔を眺めた。

「いきなりのろけられてムカついたから、ちょっとからかっただけ」

「のろけ？　俺が？」

「ずっとつき合ってた彼氏が急に格好よくなって戸惑ってますって、のろけじゃなくてなんなの？」

疋嶋ににやにやと指摘され、久瀬はなぜか急に耳が熱くなって困惑した。

「鳴町はそんなんじゃないですよ」

「そんなんじゃなかったら何だよ？」

「なに、って…」

「久瀬にべた惚れで何でも許してくれる下僕《げぼく》？」

「そ、そこまでは思ってないです」

ひどい言われようだが、自分の身勝手なふるまいについては弁解の余地はない。

「あのさ」

疋嶋が久瀬のグラスを取り上げて、残っていたウイスキーソーダを勝手に飲み干した。

「自覚あるだろうけど、彼氏が自分にべた惚れなのをいいことに、女と遊ぶのは黙認《もくにん》しろっつって、ろくに隠しもしないであちこち食い散らかして、それでずっと一途《いちず》でいてくれるなんて、彼じゃなかったらあり得ないよ？」

「……はい」

「彼氏が格好よくなったのって、別に誰かできたんじゃないの？」

「そっ、そんなこと…」

どきっとして、声が跳ね上がった。疋嶋が目を眇《すが》めた。

「ありえない、って言い切れんの？　いつまでも人の気持ちが変わらないなんて、そっちのがありえないよ、普通」

その通りだ。ざっくり斬りつけられて、久瀬は押し黙った。

「彼氏が心変わりしててもぜんぜん不思議はないと思うけどね、俺は」

「うぅ、弱ってるのになんで今日はそんな厳しいんすか、疋嶋さん…」

「久瀬は一度痛い目見た方がいいんだよ」

弱音を吐いた久瀬に、疋嶋がにやっと笑った。

「失ってから大事だったたって気づいたって遅いんだぞ」

いろんなところで聞き飽きるほど聞いた言葉だ。

それなのにストレートに胸に響いた。

「俺も誘うのはこれが最後だぞ。ホテル行かねえ？」

「行かねえっす」

かぶせ気味に答えながら、久瀬は鳴町の姿ばかり思い返していた。


しばらくぶりの自宅は、なんだかよそよそしかった。

鳴町の質実剛健《しつじつごうけん》なマンションと違って、見てくればかりのデザイナーズは居心地も決してよくない。コンクリート打ちっぱなしの壁面《へきめん》やコントラストを利《き》かせたタイルの床は、きれいに片づけ掃除も行き届いていればこそお洒落《しやれ》な空間になるのだろうが、怠惰《たいだ》な生活をしているとひたすらうらぶれて見える。

それでもシンクに放置していたはずのカップは洗ってあったし、ソファに山積みにしていた衣類も畳《たた》まれていた。一度忘れ物を取りに行ってもらったときに、鳴町がついでに簡単な掃除をしてくれたらしい。

今さらだが、だらしないと思われただろう。

スーツケースを運び込むと、淀《よど》んだ空気を入れ替えようとひとまず窓を開けた。が、手を伸ばせば隣のビルの壁面に触れられるほど近くて、風が通るどころか近くの国道からの排《はい》ガスを呼び込みそうで、久瀬は早々に窓を閉めた。見てくればっかりの自分にふさわしい部屋だ、となんだか嫌になる。

鳴町も、同じように思ったかもしれない。

そういえば、忘れ物を取りに行ってもらったときに、ついでに郵便物も持って来てくれて、その中にシェアサロンの支払い延滞《えんたい》通告や、レンタル契約の物品管理の注意状が来ていた。鳴町が「これ大丈夫なのか、ちゃんとしとけよ」と気にしていたが、久瀬はいつものことだ、で「はいはい」と流した。

いい加減で、適当で、しかも反省しない。

「うう…」

部屋の真ん中で、久瀬は深くうなだれた。

本当に、鳴町に愛想《あいそ》を尽かされていたらどうしよう。もし鳴町がいなくなったら。

想像しただけでぞっとした。

今まで鳴町の存在にどれだけ支えられていたのか、こうなってみて思い知った。

この一週間も、さんざん厄介《やっかい》をかけておきながら、お世話になりましたの一言だけで帰ってしまった。

せめてもうちょっとマシなお礼を、とスマホを出すと、思いがけず妹からメッセージが来ていた。実家は相変わらずキャパオーバーのごちゃごちゃ状態だが、家族仲自体は悪くなく、久瀬もたまに母親や姉に頼まれて髪を切りに行ったりしている。

〈了《おさむ》兄ちゃん、元気？　突然だけど、結婚することになったから報告しとくね。披露宴《ひろうえん》とかはやんないけど、食事会くらいはするつもり。詳細決まったら連絡いれまーす〉

「え、まじで」

二つ下の妹とは昔からけっこう仲がよかった。最近はやや疎遠《そえん》気味だったが、派手な見た目に反して中身は意外に尽くし系の結《ゆい》は、彼氏に浮気されては久瀬に泣きついてきた。自分も同じようなことをしていたくせに「妹を泣かせんなよ」と浮気男に文句をつけにいったりしたのも懐《なつ》かしい。

「そっか、結婚すんのかあ」

沈んでいたのが一気に浮上し、明るい気分になった。が、お祝いしてやる金がない。

上の姉のときは「気持ちだけで嬉しいよ」と言ってもらって甘えたが、あのときはまだ久瀬も二十歳《はたち》そこそこだった。今回は妹だし、三十も見えてきた今、金がなくてまともなお祝いもできない、というのではあまりに情けない。

キャッシングの枠《わく》どんくらい残ってたっけ、と久瀬は早速《さっそく》スマホを手に取った。

「よかった、まだだいぶ残ってた」

ご融資《ゆうし》残高を確認してほっとしてから、久瀬はそうじゃない、とがくんと落ち込んだ。

キャッシングで妹の結婚を祝うって、それどうなの。

鳴町に「キャッシング枠は貯金じゃないぞ」と念を押されたことも思い出し、ため息が出た。

――俺、まじでやばいわ。

久瀬は生まれて初めて、心の底から反省した。

このままいい加減にいい加減を重ねて、人の好意を軽くつまむようなことを続けていたら絶対にまずい。

今までだったら「あーあ」でベッドにもぐりこんでふて寝をするか、憂《う》さ晴らしに騒ぎに行くかだったが、久瀬は腕組みをして瞑目《めいもく》した。

たぶん、今が自分の人生の分岐点《ぶんきてん》だ。

ここで踏ん張らなかったら、取り返しがつかなくなる。

面倒くせえ、なんとかなるだろ、というお馴染みの甘い考えが湧き上がってきたが、久瀬は「むぅ」と奥歯を噛みしめた。

幸い、手は完治《かんち》した。

久瀬は右手を持ち上げて、グーパーと動かしてみた。痛みもなければ違和感もない。

これも、当たり前のことではないのだ。

もしこんな軽症ではなく、以前と同じようには動かなくなっていたとしたら、と想像して、久瀬は本気でぞっとした。

荷物の中からタブレット端末《たんまつ》を取りだし、キーボードをセットした。シェアサロンのサイトにアクセスしてIDを打ち込む。

集客《しゅうきゃく》に苦労していないのをいいことに、久瀬はほとんど営業をしていなかった。気が向いたときに動画配信をして、ビジュアル系SNSにポストする。週に三日か四日の稼《か》働《どう》で十分だと思っていたから、それでよかった。

少し考えて、久瀬はまず突発キャンセルになってしまった馴染み客に、個別のお詫《わ》びメールを送った。公式のトークアプリで気軽なメッセージをやりとりするのには慣れていたが、ちゃんとした謝罪メールなど書いたことがなくて、いろいろ検索しながら試行錯誤《さくご》して、なんとか文面を作成した。

今回はほんとごめんね～、お詫びクーポンよかったら使って、で終わらせるのなら数秒で終了する。客も、たぶんそれで納得してくれる。でも、だから、自分は今まで何も変わらなかった。

今までなら自分のページに営業再開のポストをしただけで終わりにしたはずだが、自撮《じど》りも添えて、お詫びと全快報告もアップした。

サロンの同僚にメールしていると、ころんと軽快な着信音がして、見ると予約ページにさっそく一件予約が入っていた。久瀬は画面にじっと見入った。

今までなら特別なんとも思わなかっただろうが、こんなに早く反応してくれた、とそれがひどくありがたかった。

恵まれていたから、気づかなかった。

気づかなかったから、怠惰《たいだ》でいられた。

面倒くさくてつい後回しにしてしまっていた事務作業もこなしてしまうと、久瀬は今度は猛《もう》然《ぜん》とスーツケースを開けて整理にかかった。

生活を立て直そう。面倒なことから逃げず、楽に流されず、真面目に働こう。

普通の人が普通にしているはずのことだ。

鳴町に愛想をつかされたくない。

久瀬は汚れものをランドリーに放り込み、床にワイパーをかけ、シャワーのあとはビールの代わりに水を飲んだ。

鳴町の心は離れかけている。

認めたくはないが、たぶんそうだ。

数日一緒に生活してみて、久瀬は鳴町がいつの間にか大人のいい男に成長していたことに驚いた。

それなら鳴町のほうでも同じように驚いていてもおかしくはない。ただし、鳴町は悪い方向に驚いているだろう。

今になって鳴町がどれだけ大事な存在なのか気がついた。いや、無意識下ではわかっていたのかもしれない。考えてみれば、ここ一年ほど久瀬は女子と遊んでいなかった。鳴町が女子を敵視するのが面白くて、からかい半分に見せつけることはあったが、女子とするなら鳴町とホテル行くほうがいいなと考えてしまう。

単純に性欲が落ち着いてきたというのもあるが、そのぶんはっきり「鳴町が一番いい」とわかってきていたからだ。

失ってから大事だったと気づいても遅いんだぞ——疋嶋《ひきしま》に言われた言葉を思い出し、久瀬は息をついた。

今ならまだ間に合うはずだ。

完全に愛想をつかされる前に気が付いたのだと思いたい。

お世話になりました、という鳴町に送ったメッセージは、深夜にやっと既読《きどく》になった。大丈夫か、と気遣われて、久瀬はうっかり涙ぐみそうになった。そんな自分にげんなりしたが、そのくらい見放されているんじゃないかという不安は強かった。

仕事を再開したと報告すると、無理するなよと返信がきて、久瀬はさらに安心した。

頑張ろう。

こんな謙虚《けんきょ》な気持ちになったのは生まれて初めてだ。


でもその後鳴町からはなんの音沙汰《おとさた》もなくなった。

6

今までも忙しい時期に連絡が間遠くなることはたまにあった。久瀬《くぜ》は気にしたこともない。厄介《やっかい》になっている間、鳴町《なりまち》の繁忙期《はんぼうき》の生活ぶりは直《じか》に見ていたから、忙しいだけだと頭ではわかっている。

でも不安だった。

気楽に世渡りしてきた久瀬にとって不安は馴染《なじ》みのない感覚で、なおのこと足元がぐらついた。

「久瀬君、最近根《こん》詰めてない？」

仕事に復帰して一週間ほど過ぎると、同業女子に目を丸くされた。

「心入れ替えたんだよ」

「へえ～」

今までスルーしていたシェアサロンの勉強会にも出席し、今まで半分以上断っていた予約も可能な限り入れて、妹の結婚祝いのための資金も確保した。

「鳴町さん、元気？」

「そのうち久瀬君の快気祝いでも行こうよ。鳴町さんも誘って」

見舞いに来てくれた女子は、二人とも鳴町がゲイだということも、久瀬と長年そういう関係だということも知っている。その上ですっかり鳴町のファンになっていた。

「いいよねー、ああいう常識のある落ち着いた男の人」

「この仕事だとなかなかああいう人と知り合えないのよねー」

「今、鳴町めっちゃ仕事忙しいみたいだから、そのうちね」

仕事復帰の報告のあとふっつりと連絡が途絶えていて、こちらから送って返信が来ないと病《や》みそうなので、久瀬はぐっと我慢していた。代わりに鳴町が熱心に見てくれているはずの自分の公式ＳＮＳに頻繁《ひんぱん》にポストした。鳴町のアカウントが反応しているのをチェックしてはほっとする。

そんなふうに一喜《いっき》一憂《いちゆう》していたときに、鳴町からメッセージが届いた。

仕事に復帰して二回目の金曜で、最終の客を送り出したところだった。ブースを片づける前に一息つきたくて、習慣的にスマホを手に取った。ＳＮＳをチェックしてからトークアプリを見ると、遊び友達からの誘いが複数入っていた。その中で鳴町のアイコンはデフォルトのままなのでかえって目立つ。

〈今週末、会えないか。どうしても話したいことがあるから、時間は久瀬に合わせる〉

「え…っ？」

嬉しさに弾《はず》んだのは一瞬で、どうしても話したいこと、という一文にさっと血の気《け》が引いた。

タイムスタンプを見ると数分前に送られてきたメッセージだった。

鳴町は率直《そっちょく》な男だ。思わせぶりな言動は絶対しない。

職業柄、久瀬は週末には仕事があるし、公式ＳＮＳを見ていれば予約状況もわかっているはずだ。仕事復帰したばかりという状況も踏まえた上での「どうしてもしたい話」に久瀬は嫌な予感を抱いた。

〈ごめん、週末は仕事が詰まってる〉

〈仕事が終わってからでいい〉

おそるおそる返信すると、追いかけるように次がきた。

〈土曜なら久瀬の店まで行くし、仕事終わるまで待ってるから〉

〈話ってなに？〉

〈会って話したい〉

なぜそんなに「会って話す」ことにこだわるんだと思ったら怖くなった。

〈土曜は終わってすぐ実家行かなきゃなんだ。妹が結婚することになったから〉

とっさに嘘をついてから、実家まで来ると言い出されないように、久瀬は結《ゆい》の結婚話をたてにした。

〈じゃあ、いつなら会える？〉

〈今ばたついてるから、また予定わかったら連絡入れる〉

鳴町もまだオフィスなのか、通話に切り替えてこようとはせず、そのまま了解のスタンプがきてやりとりは終わった。

——嘘をついてしまった。

ほっとしたのは束《つか》の間、今度は別の罪悪感で口の中が苦《にが》くなった。久瀬はぎゅっとスマホを握った。

鳴町に嘘をついてしまった。こんなことは初めてだ。

「くそ」

こうなったら嘘を本当にするしかない。

明日仕事終わったら結のお祝いがてらそっちに行くよ、と家族で使っているグループトークに必死でメッセージを入れ、そこで久瀬はふっと我に返った。

「――なにやってんだろ、俺」

スマホをポケットに入れて、久瀬は独り言をつぶやいた。


思えばこの家がよくなかった。

ずいぶん久しぶりに実家の玄関の前に立って、久瀬は深いため息をついた。

安っぽい建売《たてうり》住宅は門扉《もんぴ》どころかコンクリートの駐車スペースを確保するのが精一杯で、そこに軽《けい》とスクーターと自転車がぎりぎりな感じに突っ込んである。さらにその隅にはいつから放置されているのかもはや不明な壊れた家電やバーベキューコンロ、スケートボードや折り畳《たた》み椅子などがごちゃごちゃに積みあがっていて、住んでいる人間のエネルギーがはみだしているようだった。

仕事を終えてすぐ電車に乗ったが、もう十時を回っている。

玄関のチャイムを形だけ鳴らして、久瀬は「ただいま」と玄関に入った。が、甲高《かんだか》い笑い声と子どもの走り回る騒々《そうぞう》しい物音にいきなり圧倒《あっとう》された。相変わらずだ。うるせえなあとうんざりしながら、足の踏み場もない三和土《たたき》になんとかスペースを見つけて靴を脱いだ。

「あれ、オサム早かったねー」

ただいま、と気合を入れて廊下の突き当たりのドアを開けると、思った通りの人口密度で、大騒ぎしている甥姪《おいめい》に、姉と義兄《あに》が馬鹿笑いしながらテレビを見ていて、キッチンでは両親も晩酌《ばんしゃく》の真っ最中だった。ついでに知らないおっさんも赤ら顔を向けてくる。たぶん近所の飲み友達だ。家にはいつも誰かの友達が来ていた。

「ご飯は？」

「食って来た」

義兄と知らないおっさんに「ども」と雑に挨拶《あいさつ》して、さてどこに座るか、と場所を探した。いつもこうだ。昔から、久瀬はいつも身体の置き場所を探していた気がする。

ぼやぼやしてたら食いはぐれ、風呂もトイレも順番待ちに負ける。

欲しいものは欲しいと主張し、あれこれ考える前につかみとる。

当時はそんなものだと思っていたが、兄や姉の友達が何日も泊まっていたり、両親の飲み友達がいつもうろうろする環境で、上の三人が家を出るまでは、今思えばなかなかのサバイバルな生活だった。

「ユイちゃんにオサムが帰って来たって言ってきて」

姉に命じられて幼稚園の姪っ子が「ユイちゃんどこ？」ときょろきょろする。

「二階」

「いいよ、俺が行く」

落ち着くところもないので、久瀬は上着と荷物だけ置いて、雑多《ざった》なものが積みあがった階段を上がった。

両親はよく言えばおおらか、悪く言えば放任なので、兄や姉たちに押されて久瀬はいつも階段で漫画を読んだりゲームをしたりしていた。

どこかでいつも自分を受け入れてくれる人を探し、安心できる居場所を探しているのは、そうした環境で育ったせいかもしれない。

「あっ、了兄《おさむ》ちゃん」

妹の部屋をノックすると、すぐドアが開いた。

「お帰り、久しぶりだね～」

二つ年下の妹は、高校卒業後アパレルの販売員になり、バンドの追っかけなどして楽しそうにやっていた。正月に顔を出したときはすれ違いだったので、本当に久しぶりだ。

「結、なんかえらく雰囲気変わったな?」

ブラウン系のメイクとゆるく巻いた髪に、久瀬は一瞬別人かと驚いた。

「へへ、そうかな～?」

どぎついアイメイクに血道《ちみち》をあげて、髪もネイルも「派手なほど正義」だったはずだ。

「たっくん、こっちお兄ちゃん」

「こんばんは、初めまして」

たっくん、と呼ばれた男が結の後ろから出てきた。

「近藤達也《こんどうたつや》です」

爽《さわ》やかに挨拶されて、久瀬はえっ、と面食らった。たっくんは黒髪をさっぱりと整えていて、少なくとも見えるところにはピアスもタトゥもない。ロングスリーブのTシャツとコットンパンツという格好からしてどこからどう見てもまともな好青年だった。

「あ、ど、どうも」

結の彼氏がこの爽やか君!? とうろたえつつ、久瀬も精一杯の感じのいい笑顔を浮かべた。

「お兄ちゃんが今日来るっていうから、待っててくれたんだよ」

「うそ、マジで？ ごめんな」

「いいえ、結に卒業アルバム見せてもらったりして楽しかったです」

「さっきまで下でお茶してたんだけど、いつものことながらうるさくてさー、こっちに避難してきた」

「楽しいご家族ですよね」

「はは」

結とは互いの行きつけの喫茶店で知り合ったという彼は、理学療法士《りがくりょうほうし》だった。家も近いので互いの家族も早いうちから認めていて、すんなり結婚の話になったらしい。

「たっくん、お休みの日はジョギングのあとモーニング食べるのが習慣で、あたしは朝帰りのあといっつもあの店のモーニング食べてたんだよね」

ボックスシートで寝入った結の化粧の落ちた素顔に、真面目な好青年は射抜《いぬ》かれてしまったらしい。

「音楽疎《うと》かったんですけど、結の影響でいろいろ聴くようになりました」

「あたしも、たっくんとつき合うようになってだいぶ夜遊び減らしたんだよ」

今では一緒にジョギングをして、二人で結婚資金を貯める堅実《けんじつ》カップルになっていた。

遅くまですみません、とあくまでも礼儀正しく挨拶をして帰っていったたっくんを一緒に玄関の外まで見送り、久瀬は「いい人でよかったな」と心から妹を祝福した。

「ちなみに、たっくんて年いくつ？」

家の中ではまた姪っ子甥っ子がどたばたやっていて、どちらからともなく、玄関先で足を止めた。

「二十六だよ。同じ年」

「そっかー…」

「なんで？」

「落ち着いてるよな」

「兄ちゃんよりよっぽどね」

結は軽い冗談のつもりで言ったのだろうが、久瀬は返す言葉がなかった。

「なによ、どうしたのよ。なんか今日の兄ちゃん変じゃない？」

「んなことはないけど、結が結婚すんのかって思ったら感慨《かんがい》深いというか」

「兄ちゃんは結婚しないの？」

「しないっていうか、俺は向いてねーわ」

結が声を出して笑った。

「あたしも前は結婚とか絶対しないって思ってたけどねー。前の彼氏ひどかったし」

「結、男の好み変わったんだな」

それが一番の驚きだった。バンドの追っかけをしていた結は、いつも浮気で泣かされながら、見るからに肉食のごつい男とばかりつき合っていた。久瀬が最後に会った男は舌を二つに割り、蛇《へび》のタトゥを首筋に入れたバンドマンで、顔だけは確かによかったが、中身はかなりいかれていた。結はうーん、と首をかしげた。

「たっくん好きになったら、なんであんな男がよかったのか、今はもうさっぱりわかんないんだよね。見た目が好みってだけでかーっとなっちゃって」

結が恥ずかしそうに首をすくめた。

「でもさ、さんざんあたしのこと舐《な》めてて、好き好き言ってくるからしゃーなしにつき合ってやってんだって態度だったのに、あたしがたっくんとつき合うことになったら急に縋《すが》ってきてさ、ホントきもかった。俺が悪かった、もう浮気なんかしねえよとかって言ってきて、そんなキャラじゃなかったでしょって。あたしのほうから好きになったのはその通りだし、それなりにいい思い出もあったのに、あれでぶち壊しだよ。ほんと最悪」

「ふ、ふーん……」

まるで自分と鳴町とのことを言い当てるかのようなピンポイントの発言の連続に、久瀬はたじたじになった。

「そりゃきっと、結に甘えてたって気が付いて反省したんだろうな」

「遅いし、一回醒《さ》めたらもう終わりだっつの」

「うう…」

「なんで兄ちゃんが傷ついてんのよ」

「いや、なんかこう、感情移入しちゃったっていうか」

「兄ちゃんも浮気しまくりの食い散らかし系だもんね」

実の妹だけあって容赦《ようしゃ》がない。

「反省しても遅いのか…」

「遅いよ。つか縋ってきたのが最悪だったね。あれがなかったらまだましだった。万が一たっくんとうまくいかなくなったとしても、百パーあいつのとこには戻んない」

「参考になります……」

玄関先で話し込んでいるうちに冷えて来た。結と中に入ると、ぎゃははは、という酔っ払いの笑い声が出迎えた。

「たっくんは楽しい家だねって言ってくれるけどさー、やっぱうるさいよね」

結がうんざりしたように笑った。

「まあ、嫌いじゃないけど疲れるよね。あたしも兄ちゃんもちょっと割食ってるとこない？」

「結はまだマシ。俺なんか高校入るまで自分の部屋もなかったからな」

「だよねー」

家族仲は悪くなかったのでなんとかバランスはとれていたが、放任主義の両親と、強烈な上三人に押され気味で育ったという感覚がある。

だからつい、目先の快適に転がってしまうようになったのだ、というのは言い訳だろうか。

「あれ、兄ちゃん泊まってかないの？」

リビングに戻って上着に袖《そで》を通していると、結が気づいた。

「ねーちゃんたち、あれ今日は泊まる感じだろ。雑魚寝《ざこね》は疲れるから帰るわ。たっくんには会えたしな」

「食事会、来てよね」

「行く行く」

甥姪をちょっと構ってやり、軽くみんなに挨拶をして、久瀬は家を出た。

五月になってもなかなか気候が安定せず、このところ夜はぐっと冷え込む。まくっていた上着の袖を下ろして、久瀬はポケットのスマホを手に取った。バックライトが夜道に拡散する。

思ったとおり、鳴町からの着信が残っていた。メッセージは二件。明日の予定を知りたがっている。

明日は一日仕事だ。面倒だから、とざっくり一日三人限定、などという舐めたスケジュールの入れかたをしていたが、きちんと客のオーダーを確認し、休憩も挟みつつしっかり予定を組むように改めた。サロン自体は二十四時間使えるので、夜の仕事をしている客のために深夜まで対応している美容師もいる。久瀬の明日のラストは七時だ。カットのみだが、終了は九時を回る。

駅が見えてきて、返事を保留にしたままスマホをポケットに突っ込んだ。

急行の止まらない駅で、この時間は本数も少ない。ホームに人はまばらだった。

ベンチに座って、ぼんやりと鳴町のことを考えた。

高校のころは、もっぱら鳴町の家でセックスばかりしていた。けっこう遅くまでいたりもしたが、一度も鳴町の家族には会わなかった。とにかく生活感のない家で、鳴町がなにか鬱屈《うっくつ》を抱《かか》えていそうなのは察していたが、自分の家のカオスぶりに比べると、鳴町の家のスタイリッシュな静謐《せいひつ》さはまったくの別世界でうらやましかった。

専門学校に入って一人暮らしを始めて、一時期は完全に鳴町のことは忘れた。鳴町は何度も何度も連絡をとってきて、でも疋嶋にホテルに誘われてはっと思い出すまで放置していた。

「俺って、ほんと最低…」

思い出して、うう、と膝《ひざ》にひじをついて顔を覆《おお》った。

一人暮らしに浮かれて遊び狂っていたのがやや落ち着き、鳴町が必死に「会いたい」と言ってくるのにちょくちょく応じているうちに関係も安定した。

鳴町は高校時代はやや浮き気味だったが、大学に入ると突然バイトに励みだし、サークル合宿とかゼミ交流会とかにも参加して、よくお土産《みやげ》をくれた。うまく馴染んでいる様子に、よかったな、と思ったもののそれだけで、久瀬は鳴町の友達の名前など一人も知らない。

気が向いたら会うけど、忙しくなったら完全スルー。

いつもいつも「好きだ」と言われていたから、ほとんど聞き流してまともに返したことなどあっただろうか。

各駅停車の電車はがらがらだったが、久瀬はドアに寄りかかって外を眺めた。高校の通学で乗っていたから、流れていく景色が妙に懐かしかった。

高校までは最寄り駅からバスに乗り換え、バスに乗らなければ歩いて二十分。

生徒はバス道《みち》と呼んでいた。

鳴町に告白されたのは、バス道を歩いていたときだった。

思いがけず、鮮《あざ》やかにあのときの情景が目の前に広がって、久瀬は息を呑んだ。

夕暮れの空に街路樹の枝葉《しよう》が繊細《せんさい》に影をつくり、国道を走る車のヘッドライトが鳴町の頬を明るくしたり暗くしたりしていた。

制服を着ていた。緊張していた。喉《のど》が渇《かわ》いて、心臓が強く打って、持っていたスクールバッグが重たくなって、鳴町が言った「好きだ」に心を撃ち抜かれていた。

思いが叶う望みなどほとんどないとわかっていて、もしかしたら平穏な学校生活が全部台無しになるかもしれないリスクもあって、それでも鳴町は好きだ、と言ってくれた。

確かにあのとき、久瀬は心を動かされた。

高校の最寄り駅を告げるアナウンスが入って、久瀬ははっと我に返った。電車が減速《げんそく》を始めている。久瀬は窓に映る自分の顔から目を逸《そ》らした。

鳴町は、あのときからずっと変わらず好きでいてくれた。それに、どれだけ救われていたのか、自覚していなかった。

いつもどこかに空虚《くうきょ》を抱えて、快適や自由を求めてあがいていた。その場限りのバカ騒ぎや一時の快楽に心を奪われ、そのときそのときの気分でうつろい、確かなものはなにも残らない。それでも心の奥底で、俺には鳴町がいる、と安心していた。いつも自分を求めてくれて、好きでいてくれる。鳴町の存在に支えられていた。

ホームが見えて来て、久瀬はポケットの中のスマホを握った。

別れたい、という話だろうか。

わざわざそんな話をしなくても連絡を切れば自然消滅ですむはずだが、鳴町は久瀬と違って律儀《りちぎ》な男だから、はっきりさせようと考えるだろう。

ほとんど無意識に、久瀬は電車を降りた。

狭いホームと見覚えのあるベンチに、懐かしさがこみあげてくる。

ホームに降りたのは久瀬を含めてもほんの数人で、みんな早足に改札に向かっていく。久瀬はしばらくホームに佇《たたず》み、決心してスマホを出した。

トークアプリの鳴町のアイコンをタップする。鳴町から来ていた「明日会えないか？」という問いかけに、了解のスタンプを返した。すぐ既読になって、どきっとする間もなく「今、電話してもいいか？」とメッセージが来た。

一度スマホから目を上げて、久瀬は臆病風《おくびょうかぜ》に吹かれる前に通話をタップした。耳に当てると同時に、待ち構えていたように「もしもし」と鳴町の声がした。

『久瀬、今どこだ？　まだ実家？』

鳴町がどんな声をしているのか、久瀬は意識したこともなかった。こんな低くて響きのある声だったのか、と久瀬は唐突にそんなことを考えた。

「えっと…もう帰るとこ。っていうか、その途中。あのさ、話ってなに？」

できるだけなにげないふうに訊いたが、鳴町はすぐ返事をしなかった。

『――会ってから、話したい』

「そ、そっか」

『だから、できるだけ早く会いたいんだ』

「うん」

心臓が嫌な感じに締め付けられた。

『明日は無理か?』

「えっと明日、も、朝から仕事で、終わるのは…」

『久瀬、今、外にいる?』

反対側のホームに電車が入ってくるアナウンスが流れた。

「うん。実家から帰る途中で、…」

高校の最寄り駅で衝動的に降りてしまった、と説明しようとしたが、うしろで駅名を告げるアナウンスが響き、それを聞き取ったらしい鳴町が「俺今、バス道にいる」と驚いたように早口で遮《さえぎ》った。

「は?」

『バス道。高校のときの』

今度は久瀬がびっくりした。

「え?　は?　なんで?」

『久瀬こそなんで、って、ちょっとそこにいてくれ。すぐそっち行くから。ホームにいるんだな?　どっち?』

「あ、じゃあロータリー側の改札出てる。……鳴町、あのさ」

覚悟を決めたつもりだったが、こんな不意打ちで会うことになってしまって、久瀬は喉がからからになった。

「話っていうのはさ、その、——い、いい話？　悪い話？」

心の準備だけでもさせてほしい。

久瀬が訊くと、鳴町は少しだけ黙り込んだ。

『……久瀬にとっては悪い話だと思う』

スマホを落としたりしないように、久瀬はぎゅっと握り直した。

「——了解」

悪い話。

やっぱりそうか、と久瀬は妙に冷静に納得した。

もしかしたら鳴町は、新しい相手を見つけたのかもしれない。

もしそうなら、すんなり身を引くべきだ。最後の最後にみっともなく縋って幻滅《げんめつ》させたくない。

結の言葉を思い出し、久瀬はぐっと腹に力を入れた。

そうだ、縋って来たのが最悪だった、と結は言っていた。

万が一たっくんとうまくいかなくなってもあいつのところには戻らない——という妹の辛辣《しんらつ》な言葉が過《よ》ぎり、久瀬は逆に、ふっと希望が胸に宿るのを感じた。

つまり、きれいに別れてやれたら、ワンチャン残るということだ。

自分に都合よく物事を考えがちだという自覚はある。

でも、それのなにが悪い？

いつでも楽しいほうを選ぶし、明るいほうを選ぶし、希望があるほうを選ぶ。それで人生渡ってきたし、これからもそうしていく。

別れたいなら別れてやる。でも諦めるかどうかは俺が決めることだ。

久瀬はスマホを握ったままポケットに入れ、人気《ひとけ》の消えた改札に向かって歩き出した。ゆるいスロープをたどって駅を出ると、ロータリーはひっそりと静まり返っていた。コンビニの位置が少しずれただけで、あとは高校時代と何も変わっていなかった。バス乗り場の手前に客待ちのタクシーが一台だけ停まっている。コンビニの明かりがロータリーのオブジェを照らしていて、久瀬はその向こうから走ってくる人影に目を凝《こ》らした。

「久瀬！」

鳴町は、まるで舞台に登場した主人公のように、街灯の明かりを浴びて現れた。息を切らして久瀬の前まで走ってきて、立ち止まった。

「おう」

久瀬は全身全霊でいつも通りを装《よそお》った。

気を抜くと泣いてしまいそうで、そんな自分に驚きながら、一方で「絶対に泣くなよ」と自分に厳しく命令した。

鳴町に別れたいと言われたら、きれいに別れてやる。

そしてまたいつか絶対に振り向かせてみせる。

大丈夫、少なくとも俺は外見だけはやつの好みど真ん中のはずだし、今までさんざん振り回してきたんだから、今度はこっちが努力して、惚《ほ》れ直してもらえるように頑張る番だ。

だから大丈夫だ。

絶対に大丈夫だ。

「久瀬」

はあっ、はあっと肩で息をしながら久瀬の顔を見つめていた鳴町が、急に両手を膝に当てて前屈《まえかが》みになった。

「久瀬……っ」

「大丈夫かよ?」

慌てて顔をのぞきこもうとすると、前屈みになっていた鳴町が、右手で久瀬の手をつかんでなにか言った。してくれ、というのだけはわかったが肝心《かんじん》のところが聞き取れない。

「なに?」

別れてくれ、ではなかった気がする。

顔を近づけると、まだ息を切らしながら鳴町がきっと視線を合わせた。

「結婚してくれ」

「——え?」

久瀬は今聞こえた鳴町の声を、頭の中で意味に変換しようとした。——けっこん? 今、けっこん、って言ったのか?

それで、けっこんっていうのは——その言葉の意味は——

「俺と結婚してくれ、久瀬」

手首をつかんでいた手に力がこもり、鳴町は身体を起こした。

「は……」

けっこんは「結婚」で合ってんのか、と久瀬は猛烈に混乱した頭で考えた。

別れ話を覚悟していただけに、理解が追い付かない。

「結婚て、なんで…? てか、出来るわけねえだろ、俺たちどっちも男じゃん」

呆然としていて、自分がなにを言っているのかもよくわからなかった。

「俺、海外赴任《ふにん》の打診されてるんだ」

「えっ」

急に話が飛んで、また混乱した。

「か、海外?」

「東南アジアの物流《ぶつりゅう》システム構築、前から携《たずさ》わってて、その専任で現地に行く」

「はあ⁉　東南アジア？　って、どこよ？　何時間かかるとこ⁉」

突然ぜんぜん違う理由で鳴町がいなくなる、と焦《あせ》って、どのくらいの遠距離になるのかとそっちに意識が奪われた。

「赴任《ふにん》地はまだはっきり決まってないけど、たぶんタイの地方都市」

「直行便ある？」

「どこになるかによるけど、バンコクで乗り継ぎだろうな。――久瀬」

ようやく呼吸も落ち着き、鳴町は久瀬に向き直り、両手で肩をつかんだ。

「俺と、結婚してくれ。厳密《げんみつ》にはパートナーシップを結んでほしい。うちはそのへん先進的で、パートナーシップ制度利用者も有配偶者《ゆうはいぐうしゃ》扱いにしてもらえるんだ。そしたら俺は単身赴任の恩《おん》恵《けい》が受けられて、二ヵ月に一回は日本に帰れる。久瀬に会える」

驚きと混乱で、まだ頭がよく働かない。それでも覚悟していた最悪の事態がただの早とちりだったということだけはわかって、じわりと安堵《あんど》がこみあげた。

「久瀬と遠距離になるのが嫌で、断ろうかとも思ったけど、やりがいのある仕事だし、期間も三年って決まってるし、だから」

鳴町が、久瀬の肩をつかんでいた手をそっと離した。

「本当のこと言ったら、単身赴任の恩恵とか、どうでもいいんだ。ただ三年でも久瀬と遠距離になったら不安でたまらない。だから安心させてくれ。俺と結婚してくれ。久瀬…」

「する！」

「えっ？」

「結婚する、俺鳴町と結婚する！」

衝動のまま、久瀬は鳴町に飛びついた。不意をつかれて鳴町が一歩後ろに下がる。久瀬は構わずぎゅうぎゅう鳴町の首にしがみついた。

「なんだよ、そういうことなら早く言えよ、鳴町！」

「早く、ったって…」

久瀬の即断に、鳴町が驚いている。

「もったいぶるから、俺、愛想尽かされて別れたいって言われるんだってびびったじゃんかー！」

「はあ⁉」

「別れたいんなら別れてやらねーとって覚悟してたんだからな！」

久瀬はテンションが上がるのにまかせて鳴町の背中をバンバン叩いた。鳴町が啞然《あぜん》としている。

「なんでそうなる？　意味がわからん」

「だって、会って話がしたい、とか深刻に言うから」

「当たり前だろ。大事な話するのに顔見て話さないと」

「悪い話だって言うし」

「久瀬にとってはいい話じゃないだろ。おまえ一生結婚なんかしない、一人がいいって言ってたし」

「そんなこと、俺言ったたっけ…？」

まったく記憶にないが、言いそうなことではある。

「言ってたよ」

鳴町がむっとする。

「俺は自由を愛してるから結婚なんか絶対にしない、無理だって」

言いそうだ。久瀬は少しの間脱力した。自分の勝手な思い込みで一人でじたばたして、一人で思い悩んで、一人で決意したりしていた。鳴町はなにも変わっていなかった。

「俺はずっと結婚制度を呪ってたんだ。久瀬は独身主義だけど、いつ気が変わって女子と結婚するかわからないだろ？　そしたら、いくらなんでも既婚者《きこんしゃ》と関係持つわけにはいかないから、久瀬を諦めなきゃならない。でも今はそれに縋ってる。久瀬と結婚して安心したい」

「鳴町が結婚してくれって言うならしてやってもいいよ」

すっかり心が晴れて、わざと偉そうに言うと、鳴町が「冗談じゃないんだぞ？」と疑い深そうに眉間《みけん》にしわを寄せた。

いつもの鳴町だ。

「俺だけのものになってくれって言ってるんだぞ?」

愛の重い、やたらと一途《いちず》な鳴町だ。

「うん」

急に泣きそうになって、久瀬は鳴町の肩に頭を乗せた。

鳴町は何も変わっていない。でも、久瀬の心境のほうは大いに変わった。いつの間にか変わっていた。そのことに突然気づいた。

「久瀬?」

「俺、おまえと結婚するけど、単身赴任なんかしなくていい。俺、ついてくから」

迷いなどなかった。

「タイでもベトナムでもどこでもついてく。なんのためのフリーランスだよ。俺は自由を愛してんだ。好きなやつに好きなようについていく」

顔を上げると、鳴町が固まっていた。

「久瀬…」

「俺ね、おまえに愛想尽かされかけてるって気づいてからわかったんだよ。いつの間にかおまえのこと好きになってた。てか、前から好きだったんだよ。おまえがいないとダメなんだ」

だからついていく一択だ。

鳴町がまじまじと久瀬の顔を見つめている。

「おまえ、からかってる?」

「なんでだよ」

「じゃあ冗談言ってる?」

「言ってねえよ」

久瀬は鳴町の肩をつかんで引き寄せた。周囲に誰もいないのをいいことに、少しだけ背の高い相手に、下から口づける。

「――」

こんなふうにキスをしたのは、たぶん初めてだ。何度か軽く唇を合わせ、舌で濡れた中を探った。驚いているだけだった鳴町が、やっとキスに応《こた》えてくれた。温かな舌が、久瀬の舌先を舐める。

「鳴町…」

徐々に深くなるキスに、いろんな情動《じょうどう》が押し寄せる。

久瀬は唇を離して鳴町と視線を合わせた。

「鳴町、ひとつ訊いていい?」

つき合いが長くなるにつれて不思議に思っていたが、真正面から訊いたことはなかった。

「俺のどこがそんなに好きなの?」

鳴町が目を見開いた。

「どこ、って…」

「全部とか言うなよ?」

久瀬の言葉に、鳴町が気が抜けたように笑った。

「強《し》いて言えば、そういうとこだな」

「そういうとこって、なによ」

「素直なところ。久瀬はややこしいこと考えないだろ? 俺はすぐひねくれて自分で自分をごちゃごちゃにする。久瀬といると軌道修正できるんだ」

「ふーん…」

「って、わかってないだろ?」

「うん」

鳴町が声を出して笑った。

「久瀬、好きだ」

今まで数えきれないくらい言われた言葉だ。久瀬は鳴町のほうを見た。街灯の明かりが鳴町の瞳を明るく輝かせている。

「俺もだよ」

この世でたった一人の誰かを選ぶとしたら、鳴町だ。時間をかけて培《つちか》った信頼は動かしようがない。絶対だ。

鳴町がそっと顔を寄せてきて、久瀬は目を閉じた。柔らかな感触が唇に触れて、すぐ離れた。じん、と胸が甘く痺《しび》れた。

「久瀬」

鳴町が囁くように言った。

「俺は久瀬を好きになってから、迷いがなくなったんだ。人生が充実した。だからずっと久瀬だけを好きでいる」

鳴町の言っている意味は、やはりよくわからなかった。でも、ずっと久瀬だけを好きでいる、という言葉はまっすぐ信じられた。

「俺も、こっから先はおまえだけにするから。女子とももう遊ばない。約束する」

本気で言ったのに、鳴町のほうはやや疑い深そうな目になった。

「なんだよその顔。言っとくけど、男はおまえだけだって約束、一回も破ってないんだからな？　俺は鳴町にはぜったい嘘はつかない」

鳴町がじっと見つめてくる。久瀬は視線を受け止めた。今まで一度でも鳴町を裏切っていたら、こんなふうに言い切ることはできなかった。

「確かに久瀬は、嘘はつかないな」

「だろ？」

「うん」

鳴町がうつむいた。

「──嬉しい」

噛み締めるような声に、久瀬も胸がいっぱいになった。

「じゃあさ、とりあえずホテル行こ」

気持ちが高まると、自然に欲求も溢《あふ》れてくる。久瀬は遠慮なく鳴町に抱き着いた。

「ずっとしてなかったから、すげーのしたい。めっちゃエロいことしよーぜ」

「おまえはまたそういうあからさまなことを…」

文句を言いつつ、いきなりそこがむく、と反応した。久瀬は声を出して笑った。

「俺、鳴町のそういうとこ超好き」

「そういうとこってなんだよ」

不機嫌になった鳴町にもう一度軽くキスをして、久瀬は一台だけ停まっていたタクシーのほうに歩き出した。すぐ鳴町もついてくる。

「あ、でもなんで鳴町こんなとこいたの?」

見覚えのあるバス停の横を通りすぎながら、そういえば、と不思議になった。

「久瀬こそ」

「俺は実家の帰りに、なんとなく懐かしくなって降りただけ」

告白されたのは、このロータリーの少し先だった。

「俺もだ」

鳴町が気恥ずかしげに言って、ロータリーの向こうに視線をやった。

「俺も、久瀬に告白したときのこと思い出して、あのときも死ぬ気で告白したんだよなって…プロポーズなんかしたら久瀬にめんどくせえって突き放されるかもしれないだろ？　だから勇気出そうって」

「そっか」

あのときから、まったく同じように好きでいてくれる。

「じゃあちょっと時間かかったけど、これで俺たち、晴れて両想いだな！」

鳴町から放たれたロングパスを、久瀬はようやく今、受け止めた。

一台だけ客待ちしていたタクシーが扉を開いた。

「こっから一番近いホテルまでお願いしまーす」

会話までは届いていないだろうが、一部始終は見えていたはずだ。

久瀬が明るく頼むと、理解の早い運転手はさっさと車を出した。

7

「お、鳴町《なりまち》鳴町、これ見ろよ」

「もうSMごっごはやらねえぞ」

「コスプレだよ！」

「やらねえって」

わざとはしゃいだ声を上げたのは、照れくさかったからだ。

「久瀬《くぜ》」

鳴町に静かなトーンで名前を呼ばれて、どきんとした。鳴町がすぐそばに寄って来た。軽く、試すように口づけられ、久瀬は心臓がいきなり走り出したのに度肝《どぎも》を抜かれた。身体のほうが先に鳴町にときめいている。

「――」

鳴町の首に腕を回すと、しっかり抱きしめられた。たったこれだけのことで幸福感が溢《あふ》れて来る。

どちらからともなくベッドに座って、もう一度キスから始めた。

「久瀬、平気か？」

「ん、だいじょぶ」

互いに脱いだり脱がせたりして、合間に何度もキスを交わした。なにが「平気」でなにが「だいじょぶ」なのか、初めてのとき動画で学習しつつおっかなびっくり準備したあれこれが、今は短いやりとりで終わる。

「――あ……っ」

鳴町の手が性急に身体をまさぐってきた。なんだか今日は身体が過剰に反応する。鳴町に軽く首筋を撫でられただけで背中が震えた。充実した身体に押《の》しかかられて、素肌が密着する。

「久瀬……」

スプリングが揺れて、さらに体重をかけられた。動けない。

貪《むさぼ》るようにキスされ、かっと全身が火照《ほて》った。身体の芯《しん》から熱いものが広がっていく。

「は、……っ、はあ――鳴町……」

首筋、鎖骨《さこつ》、と唇が下りていき、もう固くなっていた粒に吸い付かれた。ダイレクトな快感に、甘い声が勝手に洩れた。長年慣れ親しんだセックスパートナーは、久瀬の性感帯を全部知っている。

「鳴町、――」

安心感と信頼が、性愛を自由にする。鳴町とセックスするのが一番いいと、いつのころからか思うようになっていた。

キスと愛撫、次の手順を身体のほうが覚えている。

「――鳴町……なあ」

「うん？」

どんどんボルテージがあがって、久瀬は自然に足を開きながら、「もう、しよ」と訴えた。

エロい気分を楽しみながら、煽《あお》ったり煽られたりするような余裕が、今日はもうない。鳴町の手を探し、しっかりと指を絡《から》めた。

「待てない、もうしたい。入れて、突っ込んで」

鳴町も同じだと性急な愛撫でわかっていたが、久瀬が腰を揺すって合図すると、焦《あせ》ったように身体を引いた。

「そういうことすんなよ」

「なんで」

待てないんだって、と鳴町を見上げると、慌てたように顔をそむけた。

「馬鹿」

「なんだよ馬鹿って」

「目だけでいかされる」

「はあ?」

唇が乾いてしかたがない。舌を出して舐《な》めると、視線を戻した鳴町がぎょっとして、腹のあたりに当たっていた鳴町がさらに力を増した。

「鳴町、すげ」

「しゃべるな」

「え?」

「こっち見るなってば」

「意味わかんね…もういいから早く入れて、そんでめちゃくちゃいっぱい奥まで――」

もう黙れ、とでもいうようにキスで口をふさがれた。

熱い濡れた舌が口の中で暴れて、久瀬は陶然《とうぜん》とした。唾液《だえき》が頬を伝い、汗が喉《のど》を濡らし、その感触にも感じた。

「――ん、ぅう……っ」

鳴町が起き上がった。

はあはあ息を切らしながら目を開けると、コンドームのパッケージを開けていた。

「貸して」

いつものようにつけてやると、鳴町が髪を撫でた。

「久瀬、今日上でやって。俺加減できなさそう」

「加減しなくてもいいけど」

薄いゴムをかぶせながら、これが今から入ってくる、と思うだけでぞくぞくする。鳴町も興奮に息を弾《はず》ませていたが、「明日は仕事だろ?」と気遣った。

「確かに」

立ち仕事なので腰は大事にしたいところだ。ふふっと笑うと、異様な興奮がほんの少しだけ落ち着いた。

「――あ……っ」

仰向けになった鳴町にまたがって、ゆっくりと腰を落としていく。

広がって、呑み込む感覚をじっくり味わい、久瀬は目を細めた。鳴町がぎゅっと目を閉じ、自分が犯しているような錯覚に陥《おちい》って、それにも昂った。

「ん、う――」

汗ばんだ鳴町の額《ひたい》に、髪が張り付いている。形のいい鼻梁《びりょう》や肉感的な唇を眺め、久瀬は湧き上がってくる快感に合わせて腰を揺すった。

「あ、あ……」

徐々にリズムが定まって、呼吸が湿った。

「鳴町、あ、……はあ、は、は……っ、はあ……あ、あ、…っ」

高まっていく快感に思考が溶けていく。気持ちいい、としか考えられない。でもあと一歩のところから先になかなか到達《とうたつ》できなかった。

「鳴町…っ」

もどかしい。でも力が入らない。

「久瀬」

握っていた手に力がこもって、ぐいっと鳴町のほうに引き寄せられた。

「え、あっ」

突然視界がぐるっと回り、あ、と思ったときには組み敷かれていた。

「久瀬、ごめん」

短い声が耳を打ち、鳴町が覆《おお》いかぶさってきた。

「あ、あ」

両足を持ち上げられて、力強く犯される。

「――――」

背中を圧倒的なものが駆け上がって、久瀬は声もなく達した。頭の中が真っ白になって、中が激しく痙攣《けいれん》する。

「は、あ、……っ――」

手足ががくがく震えて、あとはもう、なされるがままに翻弄《ほんろう》された。

もうだめ、もう無理、と何回か訴えた気がしたが、ぜんぜん止まらず、久瀬はもみくちゃにされてわけがわからなくなった。

気が付くと、はあはあ息を切らして、鳴町に抱きしめられていた。

「久瀬……」

逞《たくま》しい腕にしっかりホールドされ、久瀬も鳴町の首に腕を回した。

全身が怠《だる》いし、まだ息が苦しい。それでも満たされきって、ちょっとでも動くと幸せがこぼれそうだ。なんとか微笑《ほほえ》むと、鳴町も嬉しそうに笑った。

喘《あえ》ぎすぎたせいですぐには声も出ない。

「久瀬、だいじょうぶか」

「たぶん」

「ごめんな、俺つい夢中になって」

「いいよ。『愛と信頼、ラブ&セーフ』だろ？」

「ん？」

鳴町が高校時代から視聴しているゲイカップルの動画は、必ずその決まり文句で始まる。

「高校のとき、やり方見たよな。あのカップルずっと続いてて、鳴町もずっと見てたんだ」

「うん」

鳴町が気恥ずかしそうに笑った。

「あんなふうになれたらいいなって憧《あこが》れて」

「俺と？」

「他に誰がいるんだ」

ちょっとむっとしてから、鳴町は久瀬の指先にキスをした。気障《きざ》な仕草が案外サマになる。

そう思うのは、たぶん久瀬が惚れているからだ。

「なろうよ」

久瀬は鳴町の手をとった。

「あんなふうに、ずっと一緒にいよう」

誓《ちか》いをこめて、久瀬は鳴町の指にお返しのキスをした。


翌月、久瀬は鳴町とのパートナーシップ宣誓書《せんせいしょ》を提出して、無事受領証が交付された。

8

白いバルコニーの向こうで、名前のわからないオレンジの花が咲き乱れている。そのさらに向こうの海には花と同じ色の太陽が落ちかけていた。

常夏《とこなつ》の国は夜になってもあまり気温が下がらない。

「こんな感じでいかがでしょうか?」

決まり文句で折り畳《たた》みミラーを広げると、スタンド式の姿見《すがたみ》の中で、今日が初めての日本人女性がわぁ、と声をあげた。

「なんだかいきなり垢《あか》ぬけた感じ。これなら自信持って登壇《とうだん》できるわ」

リゾートふうの籐《とう》椅子から腰を上げて、鏡に顔を近づける。彼女は文化交流事業で滞在しているとかで、明日のシンポジウムの前に髪を整えておきたい、という要望だった。

「薬剤《やくざい》などが揃いましたらカット以外のご要望にもお応《こた》えしますので、またよろしくお願いします」

「久瀬《くぜ》さん、カラーが得意なんでしょ。動画配信で、変身するやつ見たのよ。楽しみ！」

「ありがとうございます」

予約時に支払い処理も行うシステムなので、預かっていた荷物を渡して部屋の外まで見送りをした。今のところ、家のリビングが仮の仕事場だ。

「では、次のご予約をお待ちしております」

客がエレベーターホールに消えると、久瀬はいそいそと部屋に戻った。もうすぐ鳴町《なりまち》が帰ってくる。

三階まで商業施設の入ったホテルは、十階から上が居住エリアになっていた。いわゆるサービスアパートメントだ。ホテルと同じ基本的な家具家電が入っていて、室内清掃とリネン類の交換がついている。

鳴町の海外赴任《ふにん》を機に一緒にここで暮らすようになって、三ヵ月ほどが過ぎた。最初はいろいろまごついたが、鳴町のサポートのおかげで、大きなトラブルもなく過ごせている。

一番苦労したのは就労《しゅうろう》ビザで、海外展開している日本のヘアサロンと契約してなんとかクリアできた。そのうち場所を確保して本格的に集客《しゅうきゃく》しようと考えているが、鳴町の同僚の髪を切ってやった縁で口コミが広がり、今のところは予約と決済だけのシンプルなシステムを使って仕事している。

「ただいま」

リビングを片づけていると、鳴町が帰って来た。近くのショッピングセンターで買って来たらしいフードボックスの入った紙袋を提《さ》げている。

「おかえりー！」

出迎えた久瀬を軽くハグして、鳴町は「これ」と封筒を差し出した。

「なに？」

「久瀬宛《あ》てにきてた」

妹からのエアメールだと気づいて、久瀬は急いで封を切った。鳴町がそわそわした顔で久瀬の手元を見ている。

「もう出来たんだ。早いね」

予想通り、中にはウェディングフォトが入っていた。少し前に結《ゆい》から「送るね」と連絡がきていたので鳴町と一緒に楽しみに待っていた。

「鳴町、ほら」

「うぉ…」

丁寧にセットされたフォトブックを開くと、鳴町が妙な声を洩らした。

妹の結は、チャペルのあるレストランで簡単な式を挙げ、そのときにはもう鳴町の存在を打ち明けていたので、「兄の配偶者《はいぐうしゃ》なら当然招《よ》ぶでしょ」と鳴町も同席させてくれた。

久瀬の家族は基本的に好き勝手に生きている。みな多少驚きはしたものの、誰も鳴町との結婚に反対したりはしなかった。

そのときに「兄ちゃんたちもついでに撮れば？」と結にすすめられてチャペルで写真を撮った。

「よく撮れてるじゃんか」

親族一同の記念写真と結とたっくんのウェディングフォト、それに久瀬と鳴町二人だけの写真が添えられている。

「すごい。結婚写真だ……！」

鳴町は感激の面持《おもも》ちで写真を見つめた。チャペルの前で、やや緊張気味の鳴町と、満面の笑みを浮かべた久瀬が並んでいる。

「やっぱ鳴町、俺が髪やってやったらこんなかっこよくなるんだなー」

久瀬は鳴町の肩に腕をかけて偉そうに寄りかかった。

実は口コミでヘアカットにやってくる駐在妻の何人かから、ひそかに「二人で遊びに行かない？」「素敵なバーがあるんだけど」という誘いを受けていた。そのたびに久瀬は「僕は夫ある身なので」と冗談にして断った。本当に、自分でも驚くほど関心が湧《わ》かなかった。

大切そうに両手で写真を持っている鳴町の横顔を盗み見て、久瀬は満ち足りた気持ちで微笑《ほほえ》んだ。
前に鳴町が言っていたことが、ほんの少しだけわかった気がした。
この人、と決めたら人生は充実する。

ホリデイ・シーズン

holiday season

1

「おっ、寒いじゃん！」

人でごった返した空港ロビーを鳴町《なりまち》と並んで歩き出しながら、久瀬《くぜ》は思わず浮かれた声をあげた。

「そうか？　俺は別に寒くねえけどな」

鳴町が首をかしげた。

確かに空港内は適温を保っているが、それでもどこからともなく外からの冷気が吹き込んでくる。久瀬はわくわくとあたりを眺めまわした。

広いロビーの中央には満艦飾《まんがんしょく》の巨大ツリーが輝き、空港内のどこのショップもクリスマスディスプレイで見る人の心を浮き立たせている。

「やっぱクリスマスは寒くてナンボだよ。イルミネーションだって映《は》えるしさー」

数時間前までいた常夏《とこなつ》の国でもすでに町中はクリスマス仕様になっていたが、毎日三十度を超える気温の中ではサンタもトナカイも暑苦しいことこの上なかった。

「外すっげ寒いんだろうなー。ちょっと待って、ダウン着とこ」

トートバッグにぎゅっと丸めて突っ込んでいたダウンジャケットを取り出すと、鳴町も小脇に抱えていたチェスターに袖《そで》を通した。

「うぉー、やっぱ寒！」

まだ午後の三時を少し過ぎたところだが、空港を出るといきなり冷気に包まれた。風がないのでそこまで寒くはないものの、ついはしゃいだ声を出してしまう。鳴町が苦笑した。

「寒いのは嫌いだって言ってたくせに」

「だって寒いって感覚、忘れかけてたからさ。いやー四季って素晴らしいな！」

鳴町の帯同《たいどう》配偶者として赴任先《ふにんさき》のタイに発《た》ったのが去年の秋で、なんだかんだと帰国しそびれ、冬を一回スキップしていたのでなおのこと新鮮だ。

「じゃあ二週間せいぜい冬を堪能《たんのう》してくれ」

「するする！」

鳴町はしばらく本社の仕事で、そのあと年末年始の休暇を消化してのちタイに戻る、というスケジュールを予定していた。久瀬はもちろんまったくのフリーだ。

「えーと、みっちーから久しぶりに集まろうぜって誘われてるだろ。疋嶋《ひきしま》さんにも挨拶《あいさつ》しなきゃだし、あと拓郎《たくろう》んとこ顔出して、ミコユカにごはん奢《おご》ってもらって」

「奢ってもらうのかよ」

ウキウキと予定を数え上げていると鳴町に突っ込まれた。ミコ&ユカはシェアサロンで仲良くしていたフリーランス仲間だ。ホリデーシーズンは帰国するよと報告したら、ご馳走《ちそう》するからご飯行こうよと誘われた。

「そこは久瀬がお世話になりましたって奢るとこだろ」

「そうなんだけど、友達がレストラン始めたんでにぎやかしに顔のいい派手目のやつ連れて行きたいんだって」

「顔のいい、って自分で言うか？」

「俺じゃねーよ。ミコユカがそう言ったの」

「まあ久瀬は確かに見た目はいいけどな」

鳴町が横目で久瀬を眺める。

「見た目は、ってなによ。中身もいいだろが。だから俺に結婚してほしかったんだろー？」

「まあな」

鳴町は相変わらず久瀬に惚《ほ》れていることをまったく隠さない。

「じゃあその見た目も中身もいい配偶者、おまえんちの家族に紹介しないままでいいの？」

鳴町が隠すのは、自分の家族についてだ。

「いい」

「なんでよ」

隠すというより、スルーしている。

久瀬はちらっと鳴町のほうを見た。以前から気になってはいた。

「正月に挨拶くらいさ…」

「久瀬、荷物」

「あ、すみません。お願いします」

手を差し出していた係員にスーツケースを渡してリムジンバスに一緒に乗り込む。

またうまくはぐらかされてしまった。

鳴町が自分の家族について話したがらないのは昔からで、言いたくないものをつつく気はなかったが、一緒に暮らすようになって鳴町が家族とまったくの没交渉《ぼっこうしょう》だとわかり、そこはさすがに気になっていた。

「うえー、今度は暑い」

車内はむっとするほど暖房が効いていて、寒いの最高！　とはしゃいだことも忘れて脱いだり着たりめんどくせえなと少々うんざりした。座席に落ち着き、久瀬は自分のダウンジャケットを荷物だなに上げてくれている鳴町を観察した。

もともと上背《うわぜい》もあって顔も悪くないのに、ちゃらちゃら外見を飾りたくない、と美容師に対する挑戦状かよという思想でもっさりしていた鳴町は、結婚したからには観念しろと無理やり久瀬に手を入れられて、かなりの洒落《しゃれ》ものに変身していた。

「やっぱ鳴町、そのコートいいな」

毎年冬はださいダウンジャケットで着ぶくれていたが、ボーナス出たんだろ、と帰国するにあたってカシミヤのチェスターコートを買わせた。肩幅と胸板がないと着こなせない欧米ブランドのものだ。

「そうか？」

「うん。俺そういうの似合わないからさ。カッコいい」

改めて言うと、鳴町もまんざらでもなさそうな顔でコートを脱いで窓際のフックにかけた。

「お、結《ゆい》だ」

昨日の夜からあちこち連絡を取り合っていてスマホはしょっちゅう着信を知らせる。妹のトークは家族グループからだった。

「元旦、一緒にうちの実家行くよな？　今年はすき焼きするんだって」

「それならどこかでいい肉買って行こう」

「や、ねーちゃんがパート先で予約してくれるらしいからさ、持ってくなら酒のほうがいいな」

結に返事を打ちながら、久瀬はさりげなく鳴町に訊いた。

「んで、おまえんちはどうする？」

「うちはいい」

予想通りの答えが秒で返ってきた。

「ったってさー」

「本当にいいんだ」

今度はまっすぐ目を見て言われた。

パートナーシップを結ぶにあたり、久瀬の両親はいわゆる「両家顔合わせ」はしなくていいのかと気にしていた。久瀬は堅苦しいことは避けたいほうだし、結の結婚式や海外赴任の準備で慌ただしく、なんとなくやり過ごしてしまった。今から考えると鳴町ははっきり「俺の家族のことは気にしなくていい」と意思表示していた。

鳴町が自分の家のことを話したがらないのは高校時代からだ。

セックスするのはもっぱら鳴町の家で、けっこう遅くまでだらだら居座っていたのに、久瀬は一度も鳴町の家族と会ったことがない。鳴町の兄は進学ですでに家を出ていたようだが、それにしてもいつ行っても人の気配がなく、たぶん定期的にクリーニングサービスを入れていたのだろうが、リビングもキッチンも整然としすぎて寒々しいほどだった。

鳴町がなんらかの鬱屈《うっくつ》を抱えているのは感じていた。

でも本人が言いたがらないものを無理に聞き出す必要はないだろ、とも思っていた。

今もそれは変わらないが、結婚までしているのに「言いたくないならしょうがねえよな」で終わらせていいものか疑問だった。とはいえ今となっては昔ほどの翳《かげ》を感じないし、鳴町が黙っているのにはそれだけの理由があるはずで、久瀬としてはちょいちょいついてそのうち話す気になってくれたらな、というところだ。

リムジンを大手町《おおてまち》で降り、まず荷物をどうにかしようとホテルに向かった。

「ほー、こりゃいいな！」

鳴町の会社が社員の一時帰国用に契約している長期滞在者向けの部屋は、コンパクトながらキッチンとランドリーがついていて、家電はすべて最新式だった。

「へー、調味料まで揃ってる。あっ、俺スチームオーブンって使ってみたかったんだよな。やった」

完全にバカンスモードの久瀬に対し、明日から出社の鳴町はせかせかスーツを出してクロゼットにかけたり、ノートパソコンのセッティングを始めたりしている。

「おまえ仕事すんならそのへんでなんか食うもん買ってくるけど」

「いや、せっかくだから食べに行こう」

ビジネスビルの並ぶ界隈《かいわい》で、まともな食事を出す店は案外早く店を閉じる。まだ五時を過ぎたところだったが鳴町と一緒に通りかかった定食屋に入り、久しぶりに平凡きわまりない日本食に舌鼓《したつづみ》を打った。唐揚げ定食には味噌汁《みそしる》と蕪《かぶ》の漬物、それに切り干し大根がついてきた。どれもこれも普通で、それがものすごく美味《うま》い。

「おまえ明日から仕事だよな。晩メシどーする？」

鳴町の豚の生姜《しょうが》焼きをちょっとちょうだい、と行儀悪く一枚頂いて、唐揚げを一個返礼品《へんれいひん》にする。

「おのおの済ませるんでいいよ。どうせ久瀬は遊ぶ約束ぎっしりだろ」

唐揚げをつまみながら、鳴町がつまらなさそうに言った。

「悪いねえ」

「別に悪くない。俺は久瀬が楽しそうにしてるのが一番だから」

泣かせる台詞《セリフ》だが、鳴町にとっては当たり前のことらしい。

「それより遅くなっても絶対に帰ってこいよ。あと酔いつぶれて迎えに来いってのはさすがに勘弁《かんべん》だからな」

「りょーかい」

話しているそばからスマホが鳴る。明日の集合場所の確認だ。

「明日はみっちー達とダーツバー行くんだよ」

高校のときにつるんでいた連中なのでスマホのアイコンを見せたが、「知らねえよ」とあしらわれた。

「えっ、みっちー知ってるだろ？　道長純《みちながじゅん》、一年のとき一緒だったし、おまえ中学も一緒じゃん」

久瀬は人間関係に執着がないので自分から旧交《きゅうこう》を温めようという発想はないが、誘われて気が向けばほいほい出ていく。今回は三年のときの同窓会を兼ねて道長が中心になって仲の良かった連中に声をかけているようだ。

「道長…？　ああ」

あだ名ではピンとこなかったようだが、さすがに名前は覚えていた。

「久しぶりに電話かかってきてさ、んでなんでおまえタイにいるんだよって驚かれて、鳴町にくっついてきたんだよって話したらびっくりしてた。あいつおまえと中学一緒だったんだよな？」

高校はそこそこの進学校だったが、鳴町の学力ならもっと上に行けるはずだったとかで、ちょこちょこ道長がそのことでからかっていたのをうっすら覚えている。そういえば一度、あまりに執拗《しつよう》に絡んでいたのでうざくなり、「おめーしつけえわ」と頭をはたいて道長と喧嘩になったことがあった。

「小学校も同じだ」

鳴町が興味なさそうに言った。

「え、まじで？」

「でもほとんどしゃべったこともない」

「あー、ね」

ソリが合わなさそうなのは確かだ。

「あ、そんでみっちーにおまえと結婚したって言っていい？」

勝手にしゃべったら悪いかな、と思ったので電話では伏せた。鳴町がびっくりしたように顔を上げた。

「いいっていうか、…おまえはいいのか」

「別にいいよ。なんで？」

大企業に勤める鳴町と違って、久瀬は自由気ままなフリーランス美容師だ。男とパートナーシップを結んでいると知られて困ることはなにもない。鳴町が瞬《まばた》きをした。

「…恥ずかしいんじゃないかと思って」

「同性婚が？」

「いや、俺と、っていうのが」

鳴町はなぜか自分のことを冴《さ》えない存在だと思い込んでいる。久瀬はくすりと笑った。

「そんなん思ってたらそもそも結婚してねーじゃん」

「うん…」

こういうときの鳴町は、妙に可愛げがある。

「ま、かなり驚かれるだろうけど、それも面白《おもしれ》えな」

ははっと笑うと、少し遅れて鳴町もほんのりと笑った。

「俺、久瀬と結婚できて本当によかった」

パートナーシップを結んで一年以上経《た》つのに噛み締めるようにそんなことを言われ、久瀬も照れくさくなった。

「今ごろなに言ってんだ、って、まあ俺らまだぎりぎり新婚のくくりだからな」

ホテル帰ったらえっちしよーぜ、と小声で言うと、とたんに鳴町は「またおまえはあからさまなことを」と渋い顔になった。

「しねーの？」

「する」

そこは迷いのない即答で笑ってしまった。帰国するにあたって準備や手続きであれこれ忙しく、ここ数日していなかった。

「よし、ほんじゃ早く食おうぜ」

楽しい休暇の幕開けだ。久瀬はいさんで唐揚げの残りを片づけにかかった。

2

クリスマス直前の繁華街は冗談ではなく人の波で、酔っ払いに前後左右からぶつかられるたび久瀬《くぜ》は「トーキョー人多すぎ！」と叫んだ。もちろん久瀬も酔っ払っている。

「うるせーよ久瀬」

「んもーまっすぐ歩けない！」

「歩くんだよ、まっすぐぅ」

「ってみっちーもよろけてんぞ」

高校時代よくつるんでいた連中と久しぶりに楽しく飲んで騒いで、明日は仕事組ともう一軒組とで別れてさらに飲んだ。

「あれえ、みっちー、日向《ひなた》とかどこ？」

「いねえな」

もうあと一軒だけ、で道長《みちなが》の行きつけの店に移動している途中だったが、いつの間にか他の連中とはぐれてしまった。

まあいいかで二人で道長のボトルの入った雑居《ざっきょ》ビルのバーに落ち着いた。カウンターとボックスシートのクラシカルなスタイルだが、中に入ると案外広く、大型モニターでは古い洋画を流している。カウンターの中の女の子はサンタ帽をかぶって常連客と盛りあがっていた。

「そういや、おまえなんで鳴町《なりまち》とタイ行くことになったんだっけ。昔っから鳴町と不思議につるんでたけど、そんなに仲良かったんだな」

ボックスシートに差し向かいで座ると、道長が水割りをつくりながら思い出したように訊いた。高校時代は久瀬以上のイケイケだったが、よくわからない大学のよくわからない学部に入って、今は親の会社で大人しくしているらしい。まだ多少ちゃらいものの、外見は確かに落ち着いた。昔はごついシルバーアクセをごちゃごちゃつけていたが、ピアスホールも塞《ふさ》がっていそうだし、髪も清潔感のあるビジネスショートに整えている。が、ノリのいい中身は昔とまったく変わっておらず、久しぶりに会うような気がしなかった。

「仲いいっていうか、俺、鳴町と結婚したんだって」

「またそれかよ」

「いやほんと」

同窓会を兼ねた一次会で近況報告し合ったときにもみんなに冗談だととられてしまい、面倒くさかったのでそのままにしていた。

「これ本当に結婚指輪」

左手をかざして薬指の指輪を見せたが、他にもファッションリングをしているのでまぜこぜになっていて「またまた」で流された。

「もー、本当に本当なんだよ。鳴町の会社、パートナーシップ制度利用で有配偶者《ゆうはいぐうしゃ》扱いになんの。だから俺、あいつの海外赴任《ふにん》に帯同《たいどう》してるわけ」

「はー？　なにそれ。会社に虚偽《きょぎ》報告してるってこと？」

「なんで虚偽なのよ。本当にパートナーシップ結んだんだって」

「もういいって」

酔ってへらへら笑う道長に、面倒くせえな、もういいか、と思いかけたときにスマホが着信音を鳴らした。今どこ？　と鳴町からのトークが表示されている。

「鳴町？」

テキストを打つのが面倒だったので道長にちょっとごめんな、と断って通話にすると、すぐ鳴町が出た。もう寝るところのようだ。

「まだ飲んでるから先寝てて。ごめん、もうちょっとしたらちゃんと帰るから。うん、明日は昼間シェアサロンに顔出すだけだから夜はいる。余裕あったら晩飯作っとくけど、なにがい い？」

どうせ朝は起きられないので翌日の確認をして、そんじゃね、と通話を切ると道長が訝《いぶか》し気《げ》な顔をしていた。

「なに？」

「今の、鳴町？」

「うん。あいつ年末まで本社で仕事なんだよ。ホテル近いから徒歩通勤してる」

「へー…」

道長が戸惑っていて、今の会話でやっとわかったか、と久瀬は苦笑した。

「だから、本当に結婚したんだって」

「けど久瀬、あんだけ女好きで？」

どうしても呑み込めない様子だ。

「バイなんだよ俺」

ああそこからだったか、と気がついて、久瀬は己《おの》が性癖を開示した。道長がえっ、と目を見開いた。

「は？　バイ？　ってあれか、男も女も、ってやつ？」

「そうそう。女の子も好きだけど男もいいよなって高校んときに気がついて、で、鳴町とずっとセフレやってたんだけど、あいつ海外赴任になっちゃったんでいろいろ都合もいいし結婚したわけ。あいつはゲイなんだよ」

久瀬のお手軽な告白に道長はひたすらあんぐりしている。

「まじかー…」

たっぷり一分久瀬を見つめてから、道長がウイスキーソーダをがぶりと飲んだ。

「…まあ、そういうのあっさりぶっちゃけるとこが久瀬って感じだけどよ…、ああ、そんで今日はちょっと女子チームと距離あけてたんだ？」

「まーな」

今日のメンツには過去に何度か寝た女子もいた。かつての久瀬なら昔のよしみでもう一回どう？　とちょっかいをかけていたかもしれない。

「結婚したらさすがにね」

「はーあ」

まだ驚きが収まらない様子で道長がため息をついた。

「しかし、相手が鳴町ってのもだけど、そもそも久瀬が結婚ってな…」

「だよな？　俺も自分が結婚するとは思わなかった。けっこういいよ、結婚」

へへ、と笑うと道長が毒気《どくけ》を抜かれた顔で久瀬を眺めた。

「まあ、幸せそうでなにより。てか、もっと早く言ってくれりゃお祝いしたのに」

「えっ、そう?」

「まあ、あんまおおっぴらにできないのかもしれんけど」

「んなことねーよ。妹も同じ時期に結婚したから、妹のレストランウェディングに便乗《びんじょう》して俺らも写真撮ったりしたしさー」

「完全に家族公認か」

「うん。おれんちはね」

「って?」

「俺、鳴町の家族には会ったこともねえんだよ。前からあんまり家族のこと話したくなさそうだったから、無理に訊いてもなってそのままにしてんだけど」

「ふーん…」

「そういやみっちーって鳴町と小学校のときから一緒なんだってな。ほとんどしゃべったことないとか言ってたけど」

「うん、あいつ中学の途中で引っ越ししたけど、それまでけっこう近所に住んでたんだよ」

ウイスキーのボトルを開けかけて、道長がふと手を止めた。

「そういや、今思い出したんだけど、鳴町の親父、投資詐欺《さぎ》かなんかで捕まったことあったな。

確か小四か小五か、そんくらいのとき」

「えっ？」

「俺の親父、自治会の会長とかやっててさ、鳴町の親父ともつき合いがあったんだよな。おふくろとしゃべってるの聞いちゃって、外で言うなよって口止めされて、で、そんまま忘れてたんだけど、鳴町、そのあとしばらく学校来なかった、確か」

「投資詐欺って？」

「さあ。ガキの頃の話だし、親父も噂話みたいにしゃべってただけだからなあ」

今度は久瀬が驚いて、まじまじと道長の顔を見つめた。

「や、ほんと昔のことだし、俺の記憶違いかもしんねーからな。けど鳴町が家族のこと話したがらないって、もしかしたらそれとなんか関係あんのかもな」

思いがけない話を聞いて、久瀬はすっかり酔いが醒《さ》めてしまった。

父親が投資詐欺で捕まった――真偽《しんぎ》はともかく、鳴町が黙っていることを勝手に探るような形になってしまい、久瀬はかなり困惑した。


道長とは結局店が終わるまで飲んで、久瀬がホテルに戻ったのは深夜の三時を回っていた。

昔ならテンション高く根掘り葉掘り性生活について訊かれただろうが、さすがに道長も大人になったらしくあからさらまな好奇心は控えて、後半は道長の「親の会社に入ったぼんくら御《おん》曹司《ぞうし》の悲哀」話につき合った。気がつくと二人でボックスシートで眠りこけていて、呼んでもらったタクシーで帰ると、ホテルの部屋は当然静まり返っていた。

「ただいま」

少し寝たので、酔いは醒《さ》めていた。リビングと寝室は完全に分かれている。久瀬はそうっと寝室のドアを開けて、一応声をかけた。鳴町はぐっすり寝ている。自動空調が効いていて、鳴町はコンフォーターから腕を出し、目のあたりを覆《おお》うようにしていた。

――鳴町の親父、投資詐欺かなんかで捕まったことあって…。

道長から聞いた話がまたふっと頭に浮かんだ。

そんなつもりはなかったのに、鳴町の触れられたくないであろうところにいきなり首を突っ込んだようでうしろめたかった。聞いてしまったと打ち明けて、ついでに真偽《しんぎ》を確かめればいいだけの話だが、なんだか気が重い。

ぼんやり立ち尽くして鳴町の逞《たくま》しい胸が上下しているのを見ていると、今度はだんだんむらむらしてきた。

昨日は定食屋から帰ってさっそくセックスしようとしたのに、鳴町に仕事の電話がかかってきたりでタイミングを逃《のが》し、結局なにもせずに眠ってしまった。

「あー、くそ」

ここしばらくご無沙汰《ぶさた》だったので溜まっているが、さすがに明日仕事の鳴町を叩き起こすわけにもいかない。

とにかくさっぱりしようと久瀬はバスルームに向かった。ついでにさっくり欲求を発散してしまおう、と鳴町の逞しい裸体を思い浮かべる。

夫で抜こうっての、なかなか俺も貞淑《ていしゅく》だよな？

シャワーの湯温《ゆおん》を調整しながら、久瀬はひとりでふふっと笑った。

久瀬の性に対する好奇心とやる気は並々ならぬものがあると知っている鳴町は、パートナーシップを結んだとしても相手が女子なら浮気は黙認《もくにん》しようと考えているふしがあった。が、久瀬は鳴町を裏切るようなことは絶対にしないと決めている。

「信じなさいって、俺を」

鳴町に、結婚してくれ、パトナーシップを結んでほしい、と懇願《こんがん》されたときは半分以上勢いで承諾した。その直前までふられるのだと思い込んで絶望していたから、その反動もあった。

でも実際にさまざまな公的手続きを踏み、一緒に暮らしてみて、久瀬の中で少しずついろんなことが変わってきていた。

自分の人生のパートナーは鳴町だ。そう決めたら、心の中にずっとあった空虚《くうきょ》が埋《う》まった。

そこに空虚があったことすら気づいていなかったのに、気がついたら埋まっていた。

配偶者というのはやはり一味違うものだな、と久瀬は妙に感心していた。あれほど自由を求めていたのに、相手が鳴町だからか、同居生活を窮屈《きゅうくつ》だと感じたこともない。

「俺、結婚向いてたんだなー。鳴町限定で」

独り言をつぶやいて、久瀬はまた一人で笑った。

3

元旦は朝からよく晴れていた。

「おおー、さすがにちょっとは片づけてるかと思ったけれども」

手土産の日本酒とワインをおのおの提《さ》げて、久瀬《くぜ》は鳴町《なりまち》と一緒に実家の前に立った。

相変わらず一輪車やフラフープ、園芸用品にプラスチックの台車など、ごちゃごちゃ雑多《ざった》なものが積みあがっている。玄関ドアにはクリスマスリースと正月飾りが同じフックに吊り下げられていて、無頓着《むとんちゃく》にもほどがあるのではとさすがの久瀬も呆れてしまった。

「あけおめー」

実家ながら、気合を入れないと突入できない。

玄関ドアを開けて大声で挨拶《あいさつ》すると、後ろから鳴町も「あけましておめでとうございます」と声を張った。

「あー来た来た」

「オサムおじさんだよ」

酔っ払いの笑い声とともに姪《めい》っ子甥《おい》っ子がどたばた出て来て、後ろから妹の結《ゆい》も顔を出した。

「いらっしゃーい。待ってたよう」

姪甥は、久瀬の後ろに立っている鳴町に興味津々《しんしん》で「だれー?」と騒いだ。

「えーと、鳴町さんだよ」

関係を言い表す言葉に迷って、結が名前だけを教えた。久瀬も「彼氏」じゃねえしな? とちょっと困った。パートナーとか配偶者とか言われても、未就学児《みしゅうがくじ》たちにはわからないだろう。

「結ちゃんの結婚式で一緒に写真撮っただろ? 覚えてねーの?」

「あー」

「なりまち?」

「こら呼び捨てすんな」

「あけましておめでとう」

鳴町がかがんでポケットからぽち袋を出した。接し慣れてはいないものの、子どもは嫌いではないようだ。

「はいどうぞ」

「やったぁ」

「『お年玉ありがとう』だろー？」

ほら、と久瀬もポケットからぽち袋を出した。まだお金の価値が今一つわかっていない未就学児には中身よりぽち袋のチョイスが肝心《かんじん》だ。姪っ子たちがハマっているキャラクターはリサーチ済みで、久瀬は大いに面目《めんぼく》を施《ほどこ》した。

「おめでとうございまーす」

みんなでリビングに入ると、すでに兄姉たちも顔を揃えていて、いつものことだが両親の飲み友達らしき知らないおっさんも二人ほどいる。全員すでに出来上がっていた。

「鳴町、遠慮してたらすべてに負けるからな？」

ひととおり挨拶を交わすと、久瀬は素早くキッチンテーブルの両隣を確保した。デパートのおせちに近所のスーパーで調達《ちょうたつ》してきた祝い鯛《だい》や寿司が並んでいる。

「本当に賑《にぎ》やかだな」

「うるさいって言っていいよ」

笑い上戸《じょうご》の母親とやたらと声のでかい父親、おしゃべり好きの兄姉家族がリビングを占拠《せんきょ》していて、うるさいことこの上ない。

「おめでとうございます」

テーブルの前の席にいた妹の夫が、久瀬と鳴町のやりとりを聞いて控えめに笑いながら挨拶してきた。

「おー、おめでと。たっくんもつきあいきれねーよな」

「ほんとごめんね～」

隣に座りながら結も苦笑して謝った。

「いいえ。僕の家は父が怒りっぽくて、母も気を使う人なんで、正直ここに来るとほっとします。

結もうち来ると緊張するよね」

「でもお母さん優しいから好きだよ」

午前中に向こうに挨拶に行って、昼からこちらに来たらしい。

「お兄ちゃんたちは？」

「鳴町が昨日まで仕事だったから朝ゆっくり目に起きてこっち来た」

「えー大晦日《おおみそか》までお仕事？」

「突発的なトラブルがあったもので。なんとかなってほっとしてます」

おかげでなかなかエッチもできなかったし、話そうと考えていたことも話せていない。

久瀬は「大変だったよなー」と鳴町にビールをついでねぎらった。幸いトラブル自体は無事解決したようだ。

「それじゃ鳴町さんのご実家には行ってないの？」

「俺は家族とは絶縁《ぜつえん》してるので」

結の質問に、鳴町があっさり答えた。

結とたっくんが目を見開き、久瀬も絶縁、という強い言葉に内心どきっとした。

「絶縁って、なにかあったんですか？」

結が無遠慮に訊いて、たっくんが小声で「結ちゃん」とたしなめた。

「なにがあった、ってことでもないんですが」

鳴町が苦笑して、やはりそれ以上は話さない。

「家族仲良くって理想ですけど、そううまくいかないですよね。結の家みたいにみんな仲いいばっかりのほうが珍しいんだって」

たっくんがフォローして「無神経でガサツ者揃いだからだよー」と結も目でごめんと謝りながら首をすくめた。

「気を使わなくていいから僕はそのくらいのほうがいいけどな」

「それに善良ですよね」

鳴町がなにげなく言った。

「あは、善良って。まあみんなお人よしの面はあるかもですねー。自分勝手だけど」

結は普通に受け止めて笑っているが、久瀬は善良、という言葉に引っ掛かった。

鳴町の親の話を聞いてしまったことを、久瀬はまだ言っていない。仕事のトラブルで鳴町がそれどころではなさそうだったからだが、絶縁した、とはっきり口にした上でそれ以上のことは話さない鳴町に、もしかして黙っていた方がいいのかと柄にもなく悩んでしまった。

ジョギングという共通の趣味からたっくんとランニングシューズ選びで話が弾《はず》み、冷蔵庫に来た義兄《あに》や父親にも「飲んでるかー?」と雑に絡《から》まれたりして、鳴町はずいぶん楽しそうだった。

途中で近くの神社に初詣《はつもうで》に行ったり、姪っ子の一輪車を見てやったりしているうちに日が暮れて、夕食はすき焼きでたらふく飲み食いした。

「さーそろそろ帰ろうぜ」

たっくんと結が帰り支度を始めたのを潮《しお》に、久瀬は姪っ子とあやとりをしていた鳴町に声をかけた。

「このあとは麻雀《マージャン》大会になるからな」

うっかり加わると勝ち逃げ許さじで引き留められて朝までコースになる。

それじゃまた、と賑やかに挨拶を交わし、妹たちとは家の前で別れた。

「久瀬の家は本当にいいよな」

駅のほうに歩き出しながら鳴町が妙にしみじみと言った。しんと静かな住宅街は風もなく、星が綺麗だ。人口密度の高い空間にいたので、外の冷えた空気が気持ちいい。

「そーかねえ」

「うん」

ダウンコートのポケットに両手を入れて、久瀬は横目で鳴町を見た。話をするなら今がいいタイミングの気がする。でも「絶縁している」と言い切った鳴町の横顔を思い出すと、やはり触れないほうがいいのか、と迷いが生じた。

「久瀬」

星空を見上げていた鳴町が白い息を吐きだして久瀬のほうを見た。

「うん？」

「おまえ、俺に隠し事してるだろ」

「いつものことだけど、なんでわかるの⁉」

驚きで足が止まった。

「歩きながらでいいよ。寒い」

鳴町がいなすように言って、久瀬は慌てて鳴町の横に並んだ。しかしこの余裕の態度は誤解してるな？　とピンとくる。

「もしかして俺が浮気したとか思ってない？」

「違うのか？」

「ちげーし！」

やっぱりか、と思わず声が大きくなった。

「んもー、俺はもうよそ見しねえって約束したじゃん！」

「おまえがそうでも断りきれないってこともあるだろ？　久瀬はかっこいいしモテるんだから、

迫《せま》られてつい、ってことは」

「あのねー、いくら迫られたってうまいことかわせるくらいの場数は踏んでるよ。つか俺おまえが思ってるほどモテねーし」

「そんなことはない。久しぶりに久瀬と会ったらときめくだろう、たいていの女子は」

「いやいやいや」

どこまで盲目《もうもく》になってんだ、と久瀬は少々恥ずかしくなった。

「ほんとにないから」

「じゃあなんだよ？」

ここ数日探していたきっかけが、やっときた。

「こないだ俺、みっちーと会ったじゃん」

思い切って切り出すと、鳴町が「ん？」とこっちを向いた。

「小学校から一緒って言ってたけど、あいつおまえと昔ご近所だったんだな」

「ほとんどしゃべったこともないけどな」

確かに接点はなさそうだ。鳴町もなぜ今ごろ道長《みちなが》が出てくるのかと訝《いぶか》しんでいる。

「みっちーんちって親父さんが自治会の会長とかしてて、地域のことをいろいろ知ってるみたいなんだよな。それで、道長、子どものころおまえんちのことを親がしゃべってるの聞いた、って」

鳴町が足を止めかけた。

「ごめんな、おまえが黙ってること勝手に…、聞き出したりしたわけじゃないんだけど、成り行きで聞いちゃって」

「俺の親のこと、なんだって？」

鳴町が気を取り直したようにまた歩きだした。驚いてはいるが、動揺しているふうはない。

「その、投資詐欺《さぎ》？　で、鳴町の親父さんが捕まったって」

聞いたままを伝えると、鳴町は黙り込んだ。

言ってしまってよかったのかと今さら鳴町を窺ったが、特別な表情は浮かんでいない。閑散《かんさん》とした改札を通り抜け、ホームに向かう。

「俺さ、おまえの家のこと前からちょっと気になってたんだ」

鳴町が話すのを待とうと思っていたが、結局待ちきれなかった。

「おまえ自分のことあんま話さないじゃん。そういう性格なの知ってるし、別にそれでいいんだけど、パートナーシップ結ぶ、みたいな大事なことも家族には言わないし関係ない、みたいな顔してるのやっぱさ…」

「久瀬は気にしなくていい」

「だけど俺ら結婚したんじゃん」

淡々と遮《さえぎ》られたが、久瀬は強く言い返した。鳴町が少し驚いたように久瀬のほうを見た。

「結婚までしてんのに、おまえのしんどいとこ知らなくてもいいって、それなんか違うだろ？話したくないこと無理に訊くつもりはないけどさ、俺は鳴町が自分から話す気になるまで待ってるし、それちゃんとわかっててほしいんだよ」

込み入った話は苦手だ。それでも大事なことだ、と久瀬は懸命に言葉を探した。鳴町は驚いた顔のまま話を聞いている。

「俺はこんなんだから話したってなんの解決にもならないってのはわかるよ。けど俺は知りたいし、知りたいって思ってることおまえに知っててほしいんだよ。わかる？」

伝わってるかな、と久瀬は一生懸命鳴町の目を見つめた。

鳴町はしばらく久瀬の顔を見つめ返していたが、ややしてほのかに表情を緩《ゆる》めた。

「…うん」

駅の照明が反射して、鳴町の瞳が揺れるように光っている。

「今じゃなくていいし、ずっと黙っていたいんだったらそれでもいいよ。ただ話してくれるの俺が待ってる、ってことだけおまえがわかっててくれたら」

鳴町が目を伏せた。

「――わかった」

噛み締めるような声に急に気恥ずかしくなって、久瀬はポケットに深く両手を突っ込んだ。

「別に、隠してたわけじゃないんだ。ただ積極的に話したいことじゃないってだけで」

鳴町は久瀬を促《うなが》すように、人のいないホームの先頭方向にゆっくり歩き出した。

「——詳しいことは面倒だから飛ばすけど、俺の親父が犯罪ぎりぎりの投資話で儲《もう》けてたのも、逮捕されたのも、道長が言ってた通りだよ」

鳴町が気負《きお》いのない声で話し始めた。

「ハイリスク債権《さいけん》をろくに説明なしに売りさばいてて、結局嫌疑《けんぎ》不十分で不起訴《ふきそ》になったんだけど、そのあとも同じようなこと続けてた。子どもの頃はなんにもわかってなかったけど、そのあともいろいろあって……俺は自分の親を軽蔑《けいべつ》してるし、そんな金で養《やしな》われてる自分のことも気持ち悪くてしょうがなかった」

高校時代、よく遊びに行った鳴町の家を思い出す。あのいかにもハイソサエティなマンションは、実は怪しげな商売で成り立っていたわけだ。

「親はぜんぜん悪びれないし、兄貴も法に触れてないんだから犯罪じゃない、そもそも契約書もろくに読まないで判つくなんて甘い考えで儲けようとするから足元掬《すく》われるんだとかって平気で言うんだ」

「それ、一理あるな？」

「ねえよ、なに言ってんだ」

つい鳴町兄に同調して怒られた。

「わかってて判つかせるほうが１００％悪いに決まってるだろ」

「そりゃまあそうだけど」

本当にこいつは真面目なんだよなあ、と久瀬は今さら感心した。

甘言《かんげん》でリスク認識させないやり口は確かに犯罪だろうが、「騙《だま》されるほうが悪い」と正当化してしまう鳴町兄の気持ちも、久瀬はわからなくもなかった。

「俺もサロン共同出資で将来は左ウチワ、とかで騙されるやつ見てきたけど、楽して儲けたいって甘い気持ちがあるから騙されるんだよなー。そういうやつに限って自分も親とか友達にうまいこと言って金出させたりするし」

鳴町には言っていないが、実は久瀬自身も何回か甘い話に乗りかけたことがある。いいのか悪いのか出資できるような金はなく、よそで借りてくるほどのマメさもなかったので被害はなかったが、借金だけ残って酷《ひど》い目に遭《あ》った知人は山ほど見てきた。自分を省《かえり》みても自業自得《じごうじとく》の部分はあると思う。

鳴町は嫌そうに眉を寄せた。

「騙されるほうが悪いって考えが俺にはそもそも理解できない。人の不幸の上で贅沢《ぜいたく》して平気な人間性も理解できない。そんな親の庇護下《ひごか》で生活してる自分も気持ち悪くて死にそうだった」

まあ鳴町ならそうだろう。久瀬は首をすくめた。自分だったら「親は親」で割り切って、そこまで悩んだりしなかったはずだ。

でも、だからこそ、久瀬は鳴町のその融通《ゆうずう》の利《き》かない真面目さにどうしようもなく惹《ひ》かれてしまう。

「でも俺は、久瀬のおかげで悩むのやめられたんだ」

「えっ？」

鳴町がなにかを思い出すように久瀬を見つめた。

「ずっといろんなことが嫌で嫌でしょうがなかったけど、学校行って久瀬が毎日楽しそうにしてるの見てたら気が晴れたし、久瀬は自分の尺度で生きてて、そうか、そうやって生きてけばいいんだなって気がついた」

「ごめん、話ついていけてない」

正直に申告すると鳴町が笑った。

「自分の価値観は自分で守るってこと」

「ふーん？」

「わかってないよな？」

「わかるわけねえよ」

鳴町が今度は声を出して笑った。なんだよー、と口をとがらせてから、久瀬もつられて笑ってしまった。

「俺は久瀬を好きになって、本当に生きるのが楽になったんだ」

鳴町が明るく言った。

どういう因果《いんが》でそうなるのかは理解の外だが、確かに鳴町は高校時代からずいぶん変わった。いつもどこか鬱屈《うっくつ》している感じだったが、今はかなり払拭《ふっしょく》されている。

「じゃあまあ、よかったじゃん」

「うん。俺は親兄弟とは価値観が合わないから絶縁してるけど、不幸でもなんでもないから」

「俺と結婚できたしな？」

「その通りだ」

茶化《ちゃか》すと、晴れ晴れとした答えが返ってきた。

「俺の人生は久瀬で決まった」

「はは、なんだそれ」

大げさ、と笑ったが、久瀬も鳴町がいなければ今の自分にはなっていないという気がしていた。

鳴町は自分にとっての羅針盤《らしんばん》だ。いつの間にかそうなっていた。

甘い儲け話に乗りそうになったとき、よくない仲間に誘われたとき、どこかで「鳴町に顔向けできない」という判断基準がNOを言った。クソ真面目で融通きかねえ、とうんざりすることもあるが、結局そこが好きなのだ。

久瀬はポケットに手を入れたまま、隣の鳴町を見上げた。

見慣れた鳴町の顔が、バージョンアップしたみたいにやけに男前に見える。

「俺もさー、鳴町と結婚してよかったよ」

「ほんとか？」

「ほんとほんと。だから帰ったら久しぶりにセックスしようぜ」

さすがにちょっと気恥ずかしくなって、わざと混ぜ返すような言いかたをした。とたんに鳴町が渋面《じゅうめん》になる。

「だからそういうあからさまなこと言うなって」

「なんでよ」

「そういうことはもっとオブラートに包んで」

「上品ぶったってやることは同じじゃねーか」

いつもの言い合いをしていると電車が入ってきた。

「久瀬」

「んー？」

人の少ない先頭車両に乗り込みながら、鳴町が面映《おもは》ゆそうに言った。

「俺のことわかりたいって言ってくれて、ありがとうな」

「たりめーだ」

久瀬は鳴町の脇腹をパンチした。

「俺ら、結婚してんだからな」

4

ホテルに帰りつくと、玄関から靴、コート、ニット、シャツ、と順々に脱ぎながら寝室に向かった。

「鳴町《なりまち》！」

最後にアンダーシャツを脱ぎ捨てて、久瀬《くぜ》はベッドにダイブした。

「早く来いって」

下着一枚で両手を広げると、鳴町も慌ただしく服を脱ぎ始めた。

「おー、いいいねえいいいねえ」

シャツを頭から抜くようにしている鳴町の腕に、久瀬はごくりと唾《つば》を飲み込んだ。

タイのサービスアパートメントにはジムが入っていて、日本にいるときより時間に余裕ができた鳴町はせっせとそこで鍛《きた》えている。上半身の仕上がりはかなりのもので、特に三角筋と上腕《じょうわん》の筋から腕のラインは素晴らしかった。

「いつもながら、まじでいい身体してんなあ」

思わず起き上がって鑑賞モードになった。

男らしくて、エロくて、久しぶりに見る鳴町の裸に興奮が募《つの》る。

「待って」

もう勃起《ぼっき》がくっきり浮き上がっているのを目にして、久瀬はベッドから下りた。

「俺が脱がせる」

鳴町の前にひざをついて、下着の上から唇で形をなぞった。とたんにそこがぐぐっと持ち上がる。

「――く、久瀬……」

「んー？」

れろ、と布の上から形をなぞった。じわっと布地が湿って、鳴町が息を止めた。

「…っ、う、…」

「鳴町君、おっきぃ」

甘い声を出してみると、さらにぐっと力を増した。

「ば、ばか」

「ふふ」

完全に上を向いて窮屈になっているが、脱がせるのはもったいない。久瀬は見せつけるように舌を出して下から上に向かって何度も舐《な》めた。

ちゅぱっと音をたてて吸いつき、また舐める。はあっと鳴町が息をついて髪に指を入れてきた。

「は、あ、…」

「気持ちいい？」

がちがちになっているのを唇でなぞり、久瀬は訊かなくてもわかっていることを上目遣いで訊いた。鳴町が肩で息をしている。立っているのも辛そうで、久瀬はひざ立ちのままベッドのほうに誘導した。

「もうこれ、脱ごっか」

どろどろになった下着を下ろさせると、久瀬は隆々《りゅうりゅう》とした鳴町にごくりと唾を飲み込んだ。

「でっかいな、相変わらず…」

軽く手でしごくと鳴町が両手を後ろについた。こんなものが入ってしまう自分の身体についても、他人事《ひとごと》のようにすげえな俺、と驚いてしまう。

「出していいからな…？」

座った男の股間《こかん》に顔を突っ込むと興奮が募る。いつからフェラが好きになったのか、最初の頃はされるだけだったのに、いつの間にか口の中がいっぱいになるのを想像するだけで興奮するようになっていた。

「――っ…く、久瀬」

「うぅ？」

裏筋を舌先であやし、手でしごく。奉仕しているちょっと被虐的《ひぎゃくてき》な感覚もあるし、追い詰めているような感覚もある。

「も、…」

久しぶりで保《も》たない、という意思表示で鳴町が髪を探る。どうせすぐ回復すんだろ、と久瀬は軽く首を振った。

「あ」

深く咥《くわ》えて唇の圧を強めた瞬間、口の中にどっと生ぬるいものが溢れた。

「悪い…っ」

はあはあ息を切らしながら、鳴町が焦《あせ》ったようにそばのナイトテーブルからティッシュボックスを取った。

「やば」

盛大《せいだい》にせき込んでしまい、ティッシュを何枚も引き抜いて口を拭《ぬぐ》った。

「久瀬」

「ん、大丈夫…」

どういうわけか口に出されるとものすごくエロい気分になる。身体が疼《うず》く。まともな思考は溶けてなくなり、動物的な欲望に突き動かされた。

「鳴町」

腕をつかんでひっぱり上げられ、一緒にベッドに倒れ込んだ。

「はは」

おおいかぶさってきた鳴町にちゅ、ちゅ、と音を立てて顔中にキスされ、くすぐったくて笑った。

「鳴町、脱がして」

じゃれてくる飼い犬のような鳴町に押《の》しかかられ、久瀬は足を立てて開いた。もう下着はぐっしょり濡れている。指先で引っかけて下ろすのに合わせて腰を上げると、透明の粘液《ねんえき》が糸を引いた。我ながらいやらしい。

「――」

足から下着を抜き、そのまま鳴町が顔を突っ込んでくる。さっきのお返しだといわんばかりにいきなり激しく口淫《こういん》され、久瀬は息を呑んだ。

「は、…っ」

両足を摑まれて大きく開かされる。喉奥《のどおく》まで使われて危うく出してしまいそうになった。

「待って」

焦ってストップをかけると心得《こころえ》て止めてくれた。でも口は離さない。ゆっくりとした動きでなだめるように舌が動く。ぬるぬると先端を舐めながらさらに手が脇腹から這い上ってきて乳首に触れた。つままれ、こねられて息が弾《はず》む。

「ん、…」

久瀬は手を伸ばしてベッドの棚からジェルのパウチを取った。鳴町の肩に足を預けて封を切ると、鳴町が顔を上げて片手を差し出した。

「あー…」

パウチから直接垂《た》らされ、ひやっとした感触に目を閉じた。温感なのですぐじわっと熱くなる。鳴町が指の腹で馴染ませ、試すように窪《くぼ》みを広げた。

「最近してなかったからな…」

鳴町は慎重に指を入れようとしていたが、「大丈夫、自分でやってたから」と久瀬は気遣い不要だと意思表示した。鳴町がわずかに目を見開いた。

「最近ナカ弄《いじ》んないと物足りないんだよ。やっぱディルド買おうかな」

「……だからなんでそういうことを言うんだっ」

焦って怒りながら、ぐん、と腹につきそうに勃起している。

「今俺が自分でやってるとこ想像しただろー？」

久瀬はにやにやしながら鳴町の肩に預けていた足を外してM字に開いた。

「見たい？」

「ば、ばか」

うろたえているが目は逸《そ》らさない。久瀬は鳴町の手を取った。指を三本まとめて握り、ゆっくり沈めた。鳴町が真っ赤になっている。ぐちゅぐちゅ音をたてて出し入れさせた。

「あーまじでやばい…」

卑猥《ひわい》なことをしている興奮と、甘い感覚に脳が痺《しび》れる。気持ちいい。でもこの興奮には物足りない。うずうずして待てない。

「あ」

中で突然指が曲がった。

「あ、あ、あ」

いきなりの快感に声が濡れた。

「久瀬…」

「は、あ、ああ…、そこ、だめ…だっ、て」

ばらばらに動く指に翻弄《ほんろう》され、あっという前に限界になった。

「鳴町…っ」

中がきゅうっと締まり、我慢する前に射精してしまった。

「う、…あ、あ…」

中だけで達したので痙攣《けいれん》がおさまらない。強い快感の余韻に浸《ひた》る間もなく、鳴町が無言で腿《もも》を摑んだ。えっ、と驚いたが、そのまま両足を開かされる。

「ちょ…、ちょっと待って、いきなりそんなの、む、無理だから…っ」

焦って身体をねじったが、簡単に封じられた。鳴町とは体力が違う。

「鳴町、まだ、イッてる、から…っ」

声がうまく出ない。抵抗を無視していきなり貫《つらぬ》かれた。

「あ、あ、あああっ」

嘘、と必死で鳴町の首にしがみついた。中イキがおさまらないうちに次の快楽を強制される。抗《あらが》えない。身体中がびくびく震えて頭が真っ白になった。

「なに、なにこれ…、あっ、あっ…」

「久瀬、舌だして」

「えっ…」

強烈な快感で支配されて頭が動かない。言われたままだらしなく舌を出した。唾液《だえき》が垂れる。

鳴町が唇で受け止め、さらに舌を舌先で舐められた。ぞくぞくする。

「ん――…ぅう」

ついていけず、ただただ貪られる一方で、それに陶酔《とうすい》した。

「――あ…」

「久瀬、出す」

鳴町も興奮しきっている。いつもはちゃんとコンドームを使うのに、そんな余裕はなかった。

久瀬はしがみついたまま、がくがくうなずいた。

「う――」

鳴町が強く抱きしめてきて、一瞬気が遠くなった。

「――――」

快感に打ちのめされ、気づくと鳴町に押しつぶされていた。

「久瀬…」

はあはあ必死で息をしながら、鳴町が横に転がった。酸素が足りない。久瀬も息を切らして
なんとか目を開いた。

「大丈夫か、久瀬」

「だい、じょうぶなわけ、あるかよ…っ、むちゃくちゃしやがって…」

まともにしゃべることもままならない。汗だくの鳴町に文句を言って、久瀬は鳴町のほうに
身体を向けた。

「死ぬかと思った」

「おまえがいろいろ言うからだ」

鳴町が自然に抱き寄せてくる。

「いろいろって、なに」

顔を上げるのもまだしんどくて、上目遣いで鳴町を見ると、慌てたように目を逸《そ》らされた。

「そういう目とか」

「目？　なんだよ？」

「久瀬はいちいちやばいんだ」

「はあ?」

よくわからないが、鳴町がささいなことで煽《あお》られることは知っている。腿《もも》のあたりでまた鳴町がぐぐっと力を持ちそうになって、慌てて「もう無理だからな?」と念押しした。

「わかってる」

さすがに鳴町も気まずそうに言って久瀬から離れた。

「ほんと絶倫《ぜつりん》…」

「ちょっと待ってろよ。俺、中出ししたからな」

久瀬はまだ起き上がるのもだるいが、鳴町は慌ただしくベッドを下りて全裸のまま浴室に向かって行った。

「久瀬、まだ寝るなよ?」

「んなこと言ったって…」

すぐお湯を出す音が聞こえてきた。単調な水音は睡魔《すいま》を誘う。久瀬はあくびをして枕を抱えた。鳴町がまたなにか言っている。

中出ししたらあとが面倒なんだよな…と他人事のように考えて、まあ後始末その他はマメな男に任せようと目を閉じた。

鳴町になら、ぜんぶを預けても平気だ。

5

「鳴町《なりまち》、このへんの服、もう詰めちゃっていいのかぁー？」

ベッドの脇にスーツケースを広げ、久瀬《くぜ》は声を張り上げた。鳴町は浴室で身支度をしている。

もう明日にはタイに戻る予定で、今日はおのおの用事を済ませることになっていた。

久瀬は日本で買っておきたいものをまとめて購入し、ついでに友達がやっているセレクトショップに服を見に行くつもりで、鳴町のほうはトラブルの件で世話になった先輩社員に挨拶《あいさつ》しに行くらしい。今日も快晴だ。

「ああ、もうそれは詰めていい。悪いな」

「いいよ。てか、最後まで大変だな」

寝室に入ってきた鳴町はきっちりスーツを着込んでいる。

「報告と挨拶だけだけどな。そんなには遅くならないけど、メシは食ってくるから」

「了解。俺も適当に済ませてこよ」

話しているとスマホがぶるっと震えた。

「あれ、みっちーだ」

トークアプリをタップすると、道長《みちなが》から思いがけないメッセージが来ていた。

「ちょっと待って、鳴町」

一読して、久瀬は寝室を出て行きかけていた鳴町を慌てて呼び止めた。

「みっちーから、おまえんちの親におまえの連絡先訊かれたって」

「え？」

これ、とスマホを突きだして見せた。

〈突然なんだけど、親父から鳴町の連絡先知ってるかって訊かれたんだけど、鳴町って自分の連絡先親に教えてねえの？　俺は知らんけど、どうする？〉

鳴町が不審げに眉を寄せた。

「なんだ？　急に」

「みっちーに電話してみるか」

「いいよ。ほっといてくれ」

「でも気になるじゃん」

勝手に連絡先教えたりしないから、と断って道長にかけてみると、すぐに出た。

『鳴町の兄貴、結婚するんだってよ』

道長の話は簡単なものだった。

鳴町の兄が結婚するにあたって弟と連絡を取りたがっていて、心当たりに連絡をしているということだ。道長のところには親経由で話がきたらしい。

「どうする?」

いったん通話を切って鳴町に訊いた。スピーカーにしていたので道長とのやりとりはぜんぶ聞こえている。鳴町はやや戸惑っている様子だった。

「今さらなんなんだ」

「式に呼びたいとかじゃねえの?」

「それこそ今さらだ。人に訊かなきゃ連絡先もわからないような状態なのに」

鳴町は気を取り直したようにチェストの上の時計や社章《しゃしょう》を身に着けだした。

「でもさーおまえが結婚したことくらいは報告してもいいじゃん」

「必要ない」

取りつく島もないが、横顔がいつになく迷っている。

「ほんじゃ俺の連絡先をみっちーに伝えてもらってもいい? そんでもし俺に連絡きたら、俺がおまえと結婚しましたって伝えるよ」

鳴町がびっくりしたように社章をつけかけていた手を止めた。

「それもだめ?」

「いや、…」

やはり迷っている。久瀬は鳴町の手から社章を取って襟元《えりもと》につけてやった。

「おまえの連絡先勝手に教えたりしないからさ。みっちー、直《ちょく》でお兄さんから連絡きたっつってたじゃん？　もし話できたらおまえの兄さんってどんなか、しゃべってみたい」

「兄貴と？」

さすがに鳴町の両親と話してみたいとは思わなかったが、兄とは一度くらい会っておきたい気がする。

「興味ある。どんな人？」

「どんな、って言われてもな。もう長いこと顔も見てねえし」

「ほんじゃ、もし俺に連絡きたら、いいんだな？」

鳴町が反対しなかったので道長に「俺の番号、鳴町兄に教えといてよ」と頼んだ。

反応があるかどうか、半々くらいかなと思っていたので、鳴町が出かけてすぐテキストメッセージがきたのに驚いた。

〈はじめまして、了《りょう》の兄です〉

おっ、と思ったら続けざまに短文のメッセージが届く。

〈道長君から久瀬さんの連絡先を教えてもらいました〉〈了に伝えたいことがあるので、了の連絡先を教えてもらえますか？〉〈それか、了に伝言お願いできると助かります〉

思いつくまま送っているのが丸わかりの軽い調子だ。なんとなく自分と同類の匂いがした。

〈はじめまして、久瀬です。彼の連絡先はお教えできないのですが、伝言なら伝えられます〉

それで鳴町の態度はだいたい把握《はあく》したらしく、了解です、と簡単に返ってきた。

〈久瀬さんと直接お話しできたらいいんですが、今電車の中で〉

久瀬もそうだが、込み入ったことを文章で伝えるのが面倒なタイプのようだ。

〈いつでも電話してください。今日は特に用事もないので〉

〈それじゃお会いできませんか〉

「は？」

あまりに気楽に誘われて、素で声が出た。

〈大手町《おおてまち》のホテルに滞在してるって聞きました。ちょうどそのへんに行く用事があるんです。お時間はとりません〉

迷いもあったが、好奇心が勝《まさ》った。なにより鳴町兄の軽いレスポンスに久瀬の性格がぴたりと合って、何度かやりとりしているうちにトントンと話が進み、ホテル近くのカフェで落ち合うことになった。


大通りに面した大きな窓から昼下がりの陽光がいっぱいに入ってくる。

〈着きました〉

店入ったら教えてください、と言われた通りにメッセージを送ると、窓際にいた男が顔をあげてこっちを向いた。手入れされたあごひげとショートモヒカンが男らしい顔立ちによく似合っている。ひとめで鳴町の兄だとわかった。ざっくりしたハイネックセーターにダメージデニム、ごつい厚底のショートブーツを履《は》いていて、ワイルド系のファッションが好みのようだ。

「こんにちは」

久瀬が近寄って挨拶すると、鳴町の兄は戸惑った顔になった。

「えっと…」

「久瀬です」

「えっ？」

来る途中でもしかして、と懸念《けねん》していた。

「すみません、女性だと思ってらっしゃいましたよね」

「ええ、はい」

やっぱりか、と久瀬は苦笑した。テキストメッセージでやりとりしたし、柄にもなく一人称は「私」を使った。誤解して当たり前だ。

上着を脱ぎながらそばを通った店員にコーヒーを頼み、久瀬は鳴町の兄の前に座った。

「久瀬了《おさむ》です」

改めて名乗り、軽く頭を下げると、鳴町兄はまだ理解しきれない様子で会釈《えしゃく》を返してきた。

「了の兄です。すみません、道長君から、今了が一緒に暮らしてる相手だって聞いてたもので…」

「はい、彼が海外赴任《ふにん》になったタイミングでパートナーシップ制度を利用して、同居しています」

「…えーと？」

「同性婚です」

ひと呼吸置いて、鳴町兄が大きく目を瞠《みは》った。

「…ああ、パートナーシップ！」

「はい」

「はあー、そうか」

鳴町兄は盛大に驚いてから、やっと呑み込めた様子で椅子の背に身体を預けた。驚いてはいるが、拒否感はない。

「ごめんね、その可能性はまったく考えてなかったもので。失礼しました」

「いえ、こちらこそ先にお知らせするべきでした。お兄さん…ってお呼びしてもいいですかね」

「ああ、もちろん」

「ご結婚されるんだって道長から聞きました。おめでとうございます」

「いや、こっちこそなにも知らなかったもので、お祝いもしてなくて。でもパートナーシップってあれだね、最先端だね」

物言いが軽く、やはりどことなく自分に通じるものがある。久瀬はくすっと笑った。

「鳴町とはあんまり似てないんですね」

「そう？　やっぱり？　顔はけっこう似てるって言われてたんだけどねー。あ、俺充《みちる》です。お兄さんじゃなくてみっちーでもいいですよ」

いきなり砕《くだ》けた物言いになったのは、彼のほうでも久瀬と波長《はちょう》が合いそうだと思ったからだろう。

「その呼びかたはもう道長がいるんで」

「えっ？　ああ、道長でみっちーか！　残念！」

一緒に笑って、初対面の緊張が完全にほぐれた。

「それで、今日は」

コーヒーが運ばれてきて、久瀬は改めて突然連絡をとってきた理由を訊ねた。

「秋に挙式するのに、了にも出席してもらえないかなと思って」

予想していた通りのことを、無理だよね、というニュアンスをこめて言われた。久瀬は曖昧《あいまい》に首を振った。

「連絡とるのも渋ってたので、難しいと思います」

「だよね」

「鳴町が出ないとお兄さんの面目《めんぼく》が立たない、とかですか？」

「そこまでじゃないけど、弟いるなら普通出るでしょ？　まあ適当に理由つけて欠席にしちゃ

えば問題ないからいいんだけど。でも了とはずっと音信不通なの、両親も俺も気にはなってて

さ。この機会にって」

その考えはわかる。

「了は大学進学のときにめちゃくちゃ親と揉《も》めたらしいんだよね。俺は家離れてたから詳しいことは知らないんだけど。もう世話にはならないって学費も奨学金借りたって」

鳴町が大学時代バイトに励《はげ》んでいたことは久瀬も知っている。いいマンションに住んでいたのにいきなり苦学生になったので驚いたが、鳴町はむしろ高校時代よりさっぱりした様子だった。

「俺、彼とは高校のときからのつき合いなんですよ」

「らしいね」

「よく家に遊びに行ってたんですけど、生活感のない家だなってずっと思ってて、そのころから鳴町って自分の家族のことは一切話したがらなかったんですよね」

うーん、と鳴町兄はなにか考え込む顔ですっかり冷めていそうなカップを手にとった。

「うちのこと、了から聞いた?」

カップを両手で持ったまま、小声でそっと訊いてきた。

「はい、少しだけ。お兄さんの前であれなんですけど、鳴町、あんまりよく思ってないみたいで」

鳴町兄がふっと笑った。

「まあね、俺もね、いいことしてるとはこれっぽっちも思ってなかったよ。ただ俺はずるいから、親のやってることは俺には関係ねえって割り切っちゃえたけど、了は潔癖《けっぺき》だからね。許せないって気持ちになるのはわかる」

「ですね」

久瀬としてはどちらかといえば兄のほうの心情に近い。

「でも俺は鳴町の、そういうとこが好きなんで」

「おー、そりゃありがとね」

鳴町兄が冷やかすように笑った。

目じりの下がり方や口元の感じが、やはり鳴町によく似ている。鳴町は完全に拒否しているが、こうして直接会ってみると兄のほうは弟のことを理解しているようだし、悪い人間には思えなかった。

両親はどんな感じなんだろうかと初めて考えた。父親と母親、鳴町はどっちに似ているんだろう。

「今は、ご両親は」

「食品販売やってるよ」

鳴町兄がやや気《け》だるげな口調になった。

「昔の商売はとっくに無理になってて、会社畳《たた》むのにも金かかったし、今は地味に健康食品売って生活してる」

「健康食品…」

怪しそうだと思ったのが顔に出たらしく、鳴町兄が噴き出した。

「まあ、効くかどうかはともかく、一応ちゃんとしたとこから仕入れてるみたいよ。いろいろあって改心したのか、了が見たらびっくりするくらい質素にやってる」

「鳴町に話しときます」

「あいつ、元気にやってるんだね」

鳴町兄が改めて久瀬を眺めた。

「よかったよ」

いいお兄さんじゃんか、と久瀬は心の中で鳴町に話しかけた。そんなに毛嫌いすることないのにな、と思ってしまう。

「了は子どものころから本当にクソ真面目で、いったい誰のDNA引き継いだんだか謎なんだけどさ、それだけに親の商売が許せないって気持ちになるのは俺もわかる。けど、それはそれとして親になんかあったとき、まったくの没交渉《ぼっこうしょう》だったってのもあとからいろいろ考えるんじゃないかとも思うんだよな。実は去年、親父がちょっと体調崩しちゃってさ。今は平気なんだけど、そのときも了の連絡先探したんだよね。結局たいしたことなくて経過《けいか》も順調だったたんでそのままになってたんだけど」

「そうだったんですか」

体調崩して、と聞いて一瞬ひやっとしたので、なんともなかったとわかり、ほっとした。

確かに親になにかあったとき、絶縁《ぜつえん》したから関係ない、と突っぱねて平気でいられるだろうか。鳴町もきっと悩むはずだ。兄と接触しようとした久瀬を止めようとしなかったのも、心のどこかにそんな迷いがあったからだろう。

「そんときに効いたってんで健康食品の販売始めたんだよ。だからまあ、今の商売はまずまずまとも」

笑って話しながら、鳴町兄が椅子にかけていた上着のポケットを探った。

「これね、俺がやってる店。飲み屋やってるんだ」

テーブルの上をすべらせてきたのは、シックなデザインのショップカードだった。ピアノバーらしい。

「よかったら次帰国するときにでも飲みに来てよ。ご馳走《ちそう》するよ」

「ありがとうございます」

「了と来てくれたら嬉しいけど、ま、無理だよね」

「俺一人でも行きますよ」

そう？　と鳴町兄が嬉しそうに笑った。

「久瀬君とは仲良くできそうでよかった」

「はい」

結婚するとこういうのがいいよな、と久瀬はもらったショップカードを財布にしまいながら思った。鳴町の人生に我が物顔で関わっていける。

だって、配偶者だからな？

6

最後まで着こんでいたダウンジャケットをトートバッグにぎゅうぎゅう突っ込む。

「よーし、入った」

二週間ほど真冬の服装だったので、薄手のトレーナー一枚にデニムの格好はなんとなく心もとないが、向こうに着けばこれでも暑いくらいのはずだ。

来たときはクリスマス一色だった空港は、日本情緒《じょうちょ》溢れる正月の飾り付けで溢れていた。どこからともなく琴《こと》の音色《ねいろ》が流れてきて、土産物屋では売れ残りの福袋がまだ店頭ワゴンに残っている。

「また半年後、次は夏だなー」

コートを小脇に抱えた鳴町《なりまち》と一緒にレストランエリアに向かいながら、久瀬は名残惜《なごりお》しく呟いた。

寒いのは苦手だし、着たり脱いだりがめんどくさいが、しばらく冬を経験できないのかと思うとなんだかさみしい。

昨日、先輩社員と食事をして帰ってきた鳴町に「お兄さんに会ったよ」と報告した。

さすがに驚いていたがそれだけで、久瀬はかなり拍子抜《ひょうしぬ》けした。怒るだろうと覚悟していたのにむしろ淡々としていて、「お父さん、ちょっと体調崩してたみたい」と言ったときだけ反射的に久瀬のほうを見たが、あとは挙式に出てほしいという要望にも首を振り、本当に一切合切《いっさいがっさい》無視するつもりのようだった。

そこまで拒絶するほどのことなんだろうかと思わなくはなかったが、久瀬の知らないことも山ほどあるはずだし、鳴町には鳴町の考えがある。その決断に口出しする気はなかった。

「さー、そんで帰ったら仕事だな」

二週間の休暇明けで、さっそく明日から予約が入っていた。

「よしよし、順調」

「嬉しそうだな?」

スケジュールを確認していると鳴町が冷やかすように横目で見てくる。

「そりゃね。仕事なくなったら困るじゃん」

特に勤労意欲が高まったりはしていないが、心を入れ替えて励《はげ》んでいるのは本当だ。

「あ、ちょっと待って」

顧客《こきゃく》が予約を入れてくれると、自動返信がそのまま久瀬のスマホにも入る。

「ん？」

スマホの画面に、予約ツールからの着信のほかに、トークアプリの着信も表示されていた。

鳴町兄からだ。

「鳴町、これ」

「え？」

「お兄さんから。婚約者さんじゃないかな、この人」

了《りょう》によろしく、というメッセージと一緒に画像が添付されていた。セミロングの華やかな美人と鳴町兄がグラスを片手に微笑《ほほえ》んでいる。

「ほら、すげー綺麗な人」

鳴町は久瀬が差し出したスマホをちらっと見たものの、やはり何も言わなかった。

「行こう」

「ん」

鳴町が足を速め、久瀬もスマホをポケットにつっこんで鳴町の横に並んだ。

まったくの絶縁に糸一本繋《つな》がっている、そのくらいでいいんじゃないかと思う。

「久瀬」

了をよろしく
12:07
XiloneN

「んー？」

「ありがとう」

「いいってことよ」

何に対するお礼なのかはあえて訊かず、久瀬は隣の鳴町に笑ってみせた。

あとがき
AFTERWORD
―安西リカ―

こんにちは、安西《あんざい》リカです。

いつも読んで下さる読者さまのおかげで、ディアプラス文庫さんから二十五冊目の文庫を出していただけることになりました。

初文庫「好きって言いたい」を出していただいたのが2013年の7月ですので、デビューしてほぼ十年ということになります。また他社さんから出していただいた本を入れると今作がちょうど三十作目です。

多作作家さんの多い商業BL界では十年で三十冊というと寡作《かさく》のほうだと思いますが、読者さまや担当さまのご尽力《じんりょく》のおかげでぼちぼち続けてくることができました。本当にありがとうございます。

今作は、去年本誌でややフライング気味の十周年記念の企画をしていただいたときに書いたお話になります。

同じ年で、楽天的な受とくそ真面目で硬派な攻といういつもの組み合わせでして、またかよ…とお思いかもしれませんが、書いてるほうは何回書いても飽きないので、定番のよさということでお許しください。

担当さまには新人賞に投稿していたときから変わらず的確なご助言をいただいて、感謝してもしきれません。これからもよろしくお願いいたします。

イラストをお引き受けくださった緒花《おはな》先生、美しいカラーをありがとうございました。ウエディングベールの繊細《せんさい》さに目が釘付けになりました…！

そしてなによりここまで読んで下さった読者さま。

これからも小さな萌えをマイペースで書いていきたいと思っていますので、気が向かれましたら読んでやってください。よろしくお願いいたします。

今回もページ配分に失敗しまして、さらに掌篇《しょうへん》がございます。

いつもは雑誌掲載分は受視点、書き下ろしは攻視点という構成にしているのですが、今回は書き下ろしも受視点だったので、掌篇は攻視点にしてみました。ぜひおつき合いくださいませ。

安西リカ

バカンスのお土産

空港に着くとその国独特の匂いがする。

機内からボーディングブリッジに出るとたんにむわっとする空気に包まれ、どこからともなくエスニックな香りが漂ってきた。ソムタム、ナンプラー、鳴町《なりまち》の中での「タイの匂い」だ。

年末年始をはさんで二週間ほど日本に滞在したが、仕事で突発的なトラブルが起こり、結局鳴町が休暇らしい休暇を過ごしたのは元旦からの三日だけだった。久瀬《くぜ》の実家に挨拶《あいさつ》に行き、あとはホテル近くの神社にお参りに行ったり買い物をしたくらいだ。

でもとても有意義な時間だった。

「鳴町」

ずっと寝ていた久瀬が隣で小さくあくびをしながら手を差し出してきた。鳴町は半分無意識にその手を握った。

「は？　荷物だよ」

「あ、ああ」

持ってやっていたトートバッグを渡すと、久瀬はふわあ、ともう一つ大きくあくびをしてトートバッグを肩にかけ、鳴町の手を握ってきた。

「なになに鳴町君、手ぇつなぎたかったの？」

ふふっと笑っている久瀬はまだ眠そうな顔をしている。

「いや、なんとなく…」

タイでは同性同士で手を繋《つな》いでいてもまったく誰も気にしない。ボーディングブリッジから空港内に着くまで手を繋いで歩き、人が増えて歩きにくくなると手を放して前後になった。

鳴町は前を歩く久瀬の姿をつくづくと眺めた。トレーナーにデニムのなんでもない格好なのに、スタイルがいいせいかやたらと人目を引く。高校時代からそうだった。今ごろ片想いしていたころのことを思い出し、不思議な感慨《かんがい》に打たれた。

「あー、やっぱ渋滞してんな」

予約していたので車にはすぐに乗れたが、道路は恐ろしく混んでいた。ちょうど夕方のラッシュにもかかって、久瀬はあきらめたようにスマホでゲームを始めた。

「それ、面白いのか？」

「うん？」

ゲームには興味がないのでいつもはスルーするのに、なんとなく久瀬の手元に目をやった。

「面白いっていうか暇つぶしっていうか…おまえ、疲れてんの？　さっきからやたらぼーっとしてるけど」

いつもと違うと思ったらしく、久瀬が心配そうに顔を上げた。

「いや、べつに」

「ふーん？」

――結婚までしてんのに、おまえのしんどいとこ知らなくてもいいって、それなんか違うだろ？

久瀬が自分の家族のことに引っ掛かっているのは感じていた。が、あんなふうに気遣ってくれているとは夢にも思っていなかった。

結婚までしてんのに、と久瀬の声が何回も頭の中でリピートする。

わざわざ兄に会いに行き、結婚したと報告までしてくれた。その意味が、じわじわと胸に沁《し》み込んでいた。

「あー、なんか懐かしいな！」

ホテルについて居住階に上がり、久しぶりのアパートメントの部屋に入った。

リネン交換と清掃のサービスつきなので部屋はきれいに片付いている。帰国前に「いつもありがとう」のメモとチップを置いておいたので、セットされていた三角枕には小さな返礼《へんれい》の花があった。

久瀬はさっそく荷物を放り出して見晴らしのいいベランダに出て久々の夜景を楽しんでいるが、鳴町はリビングに飾っている写真パネルの前で足を止めた。

久瀬の妹の結婚式で、お兄ちゃんたちも撮ればと勧められてプロに撮ってもらった、チャペル前のウェディングフォトだ。

緊張でこわばった顔をしている自分と、いつもと同じ華やかな笑顔を浮かべている久瀬がスーツ姿で並んでいる。

ファミリー向け物件なのでリビングはかなり広く、ピクチャーレールもあったので、鳴町は送ってもらった写真を等身大に引き伸ばし、アートフレームも奮発《ふんぱつ》してリビングに飾った。久瀬は「いくらなんでもやりすぎなのでは」とかなり引いていたが、外せとは言わなかったので、鳴町は毎日眺めては久瀬と結婚したんだな、と深い満足に浸《ひた》っていた。

でも、結婚したという意味を、本当の本当にはわかっていなかった。

パートナーシップを結んで一年以上が過ぎ、今になってやっとわかった。

「鳴町、なにしてんの」

ベランダから戻ってきた久瀬が、リビングで佇《たたず》んでいた鳴町のそばにきた。

「写真見てた」

「よく見飽きねえな」

呆れ半分に笑いながら、久瀬がよりかかってくる。

「久瀬…」

「んー?」

「俺、ぜんぜんわかってなかったけど、久瀬が結婚してくれたのって、久瀬も俺のこと好きになってくれてたからなんだな」

「はあ？　今さらなに言ってんだ…？」

肩によりかかっていた久瀬が不気味なものでも見るような顔で身体を引いた。

「そうだよな…今さらだよな」

「あんだけ面倒《めんど》い手続きやって、タイくんだりまでくっついてきて、一年も一緒に住んでんの、好きじゃなかったらいったいなんなの？」

「うん…」

本当にそうだ。

それなのにわかっていなかった。

「あんだけエッロいこともやっててさ？」

久瀬がわざとらしく耳元で囁く。

「それはただの性欲だろう」

「まーそれはそう」

けろっと笑い、久瀬は「でももうおまえ以外とはやんないよ」と付け加えた。

「いい加減信じなさいよ、俺を」

気紛《きまぐ》れな自由人を好きになって、鳴町はわき目もふらず全力で追いかけてきた。

死ぬ気で告白したら思いがけず受け入れてもらえ、それからは疎遠《そえん》にならないようにとどんなにスルーされても連絡をし続け、遠距離になりたくない一心でプロポーズした。

自分の気持ちは一ミリも揺るがないという確信があったから、逆に久瀬に好きになってほしいという気持ちは薄かった。本当に、ただただずっと好きでいさせてもらえればそれでよかった。

「俺も好きだっつってたのに、人の話聞いてねーのか?」

いつまでもぼうっとしている鳴町に、久瀬がさすがにむっとした。

「でも久瀬はいつも冗談みたいに言うから」

好きだよ、のあとにはいつも「えっちしよーぜ」がくっついていた。

久瀬が珍しく困惑したように目を逸《そ》らした。

「だって、照れくさいじゃんか」

「俺はいつも言ってるぞ」

「まーな」

久瀬が等身大パネルに目をやって瞬《まばた》きをした。それから鳴町のほうを向いて、ふと顔つきを変えた。

初めて見るような真剣なまなざしに意味もなく緊張する。

「――俺はおまえが好きだよ」

「お」

真正面からいきなりストレートに撃ち抜かれた。

思わずよろけてしまい、一生懸命真顔を保《たも》っていたらしい久瀬が噴き出した。

「なんだよそのリアクション」

「だって」

「はは」

久瀬が顔を近づけて来た。もうすっかり見慣れたきれいな顔だ。

「鳴町、好きだ」

今度は心構えができていて、はっきりと聞いた。

「うん。——俺も久瀬が好きだ」

「それはとっくに知ってるー」

いつものように笑い合い、等身大のウェディングフォトの前で、鳴町は心の底から好きな人とキスを交わした。

この本を読んでのご意見、ご感想などをお寄せください。
安西リカ先生・緒花先生へのはげましのおたよりもお待ちしております。

〒113-0024　東京都文京区西片2-19-18　新書館
[編集部へのご意見・ご感想] 小説ディアプラス編集部「ロング・エンゲージ」係
[先生方へのおたより] 小説ディアプラス編集部気付　〇〇先生

- 初 出 -
ロング・エンゲージ：小説ディアプラス2022年ナツ号（Vol.86）
ホリデイ・シーズン：書き下ろし
バカンスのお土産：書き下ろし

[ろんぐ・えんげーじ]
ロング・エンゲージ

著者：**安西リカ** あんざい・りか

初版発行：2023 年 5 月 25 日

発行所：株式会社 新書館
[編集] 〒113-0024
東京都文京区西片2-19-18　電話（03）3811-2631
[営業] 〒174-0043
東京都板橋区坂下1-22-14　電話（03）5970-3840
[URL] https://www.shinshokan.co.jp/

印刷・製本：株式会社 光邦

ISBN978-4-403-52575-9

安西リカのディアプラス文庫

好きで、好きで

高校三年間親友だった志方と
思いがけず恋人になれた穂木。
十年経っても好きでたまらないのに……？

恋みたいな、愛みたいな

好きで、好きで2

穂木と志方が同居を始めて九ヵ月。
年末休暇に入ったある日、
穂木の姉の子を預かることになり……？

（ill.木下けい子）

ANZAI RIKA
dear+ novel

年下攻

好きって言いたい
(ill.おおやかずみ)

ビューティフル・ガーデン
(ill.夏乃あゆみ)

舞台裏のシンデレラ
(ill.伊東七つ生)

ふたりのベッド
(ill.草間さかえ)

彼は恋を止められない
(ill.街子マドカ)

ファンタジー・SF

可愛い猫には旅をさせよ
(ill.ユキムラ)

楽園までもう少しだけ
(ill.七瀬)

普通〈ベータ〉の恋人
(ill.市川けい)

王様に捧げる千夜一夜
(ill.Ciel)

好評発売中
電子書籍も配信中!!

同級生・同い年

何度でもリフレイン
(ill.小椋ムク)

初恋ドローイング
(ill.みろくことこ)

人魚姫のハイヒール
(ill.伊東七つ生)

甘い嘘
(ill.三池ろむこ)

恋という字を読み解けば
(ill.二宮悦巳)

彼と彼が好きな人
(ill.陵クミコ)

恋になるには遅すぎる
(ill.佐倉ハイジ)

恋をしていたころ
(ill.尾賀トモ)

嫌いな男
(ill.北沢きょう)

年の差

恋の傷あと
(ill.高久尚子)

ふたりでつくる
ハッピーエンド
(ill.金ひかる)

バースデー
(ill.みずかねりょう)

眠りの杜の片想い
(ill.カワイチハル)

SHINSHOKAN